로미오와 줄리엣 외

**세계문학산책 47**
**로미오와 줄리엣 외**

지은이 윌리엄 셰익스피어
옮긴이 붉은여우
펴낸이 안용백
펴낸곳 (주)넥서스

초판 1쇄 인쇄 2013년 6월 5일
초판 1쇄 발행 2013년 6월 15일

출판신고 1992년 4월 3일 제311-2002-2호
121-840 서울시 마포구 서교동 394-2
Tel (02)330-5500 Fax (02)330-5555

ISBN 978-89-6790-168-4 04800

출판사의 허락없이 내용의 일부를
인용하거나 발췌하는 것을 금합니다.

가격은 뒤표지에 있습니다.
잘못 만들어진 책은 구입처에서 바꾸어 드립니다.

**www.nexusbook.com**
지식의숲은 (주)넥서스의 인문교양 브랜드입니다.

세계문학산책 47

윌리엄 셰익스피어
# 로미오와 줄리엣 외

붉은여우 옮김   김욱동 해설

지식의숲

차 례

로미오와 줄리엣 ...007
베니스의 상인 ...115

# 로미오와 줄리엣

### 두 집안의 오랜 불화

아름다운 도시 베로나는 기후가 온화한 평야 지대라 곡식이 풍부했다. 모든 사람들이 넉넉한 살림살이 덕분에 행복하게 살고 있었다.

그런데 이 멋진 베로나에서도 유난히 웅장하고 화려한 성이 하나 있었다. 이 성의 주인은 에스컬러스 영주였는데, 마을 사람들로부터 깊은 신뢰와 존경을 받았다.

그러나 이 에스컬러스 영주에게는 한 가지 골치 아픈 일이 있었다. 그것은 베로나 시의 대표적인 명문으로 손꼽히는 두 귀족 집안의 계속되는 다툼이었다.

몬테규 가와 캐플렛 가인 두 귀족 집안은, 이제는 그 이유조

차도 불분명한 불화로 인해 계속 사이가 좋지 않았다.

두 집안의 사람들은 길거리에서 마주치기만 해도 서로 시비를 걸었고, 심지어는 먼 친척이나 집안의 하인들까지도 툭 하면 싸우는 바람에 아름다운 베로나 거리는 하루도 조용할 날이 없었다.

시간이 흐를수록 두 집안의 사이는 점점 더 멀어졌고, 원한도 깊어졌다.

"그대들 두 집안 때문에 시민들이 하루도 편할 날이 없소. 그러니 서로에게 잘못이 있더라도 너그럽게 용서하고 사이좋게 지내시오. 이 베로나의 평화를 위해 화해하도록 하시오."

"알겠습니다, 영주님."

"걱정 마시죠, 영주님."

에스컬러스 영주는 매번 두 집안의 사람들에게 당부의 말을 건넸다. 애원에 가깝도록 부탁했지만, 두 집안의 사람들은 영주 앞에서는 그러겠다고 말하고는 그 자리에서 물러나기만 하면 얼마 가지 않아 다시 시끄럽게 다투곤 했다.

자신의 힘과 권위로도 두 집안을 화해시키지 못한다는 것을 안 에스컬러스 영주는 그냥 지켜보기만 할 뿐 특별한 방법이 없다고 생각했다.

어느 날이었다.

광장에서 또 두 집안의 하인들이 싸우기 시작했다.

"이봐, 자네 지금 우릴 가리키며 욕을 하고 있었던 건가? 몬테규 집안의 하인 주제에!"

"내가 손으로 누굴 가리키건 무슨 상관이야! 지금 몬테규 집안의 하인 주제라고 했나? 지금 시빌 거는 거야?"

"시비라고? 천만에."

"해볼 테면 해봐! 나도 자네들만큼 훌륭한 주인을 모시는 사람이니."

"더 훌륭하진 못할걸."

"글쎄."

그때 멀리서 티볼트가 걸어오고 있었다. 캐플렛 집안의 하인들은 몬테규 집안의 하인들을 향해 어깨를 으쓱거리며 자랑을 했다.

"더 훌륭하다고 하게나. 마침 저기 주인댁 친척 한 분이 오고 계시거든."

"그게 무슨 소리야! 흥, 말로 해서는 안 되겠군!"

작은 말다툼으로 시작한 싸움은 늘 그렇듯이 큰 싸움으로 번지고 말았다. 무시무시한 칼날 부딪치는 소리가 요란하게 광장에 울려 퍼졌다.

그때, 길을 지나던 벤볼리오가 하인들의 싸움을 말리러 달려왔다.

"이게 무슨 짓이야! 그만둬. 바보들 같으니! 어서 다들 칼을 집어넣어!"

티볼트도 이 모습을 지켜보고 있다가 한걸음에 달려왔다.

"벤볼리오! 하인들 틈에 껴서 칼을 빼들고 있다니, 부끄럽지도 않나? 나에게 덤벼라!"

"티볼트, 난 싸움을 말리고 있을 뿐이네. 그러니 어서 칼을 집어넣어! 그렇지 않으려거든 그 칼로 자네 하인들이나 말리든지."

"뭣이 어쩌고 어째? 칼을 빼들고서 싸움을 말린다고? 몬테규 가문의 인간들은 모조리 다 밉지만, 네놈의 그 변명은 더 참을 수가 없군. 자, 내 칼을 받아라!"

하인들의 말다툼으로 시작된 싸움은 어느새 티볼트와 벤볼리오까지 합세하여 걷잡을 수 없이 커지고 말았다.

어느새 광장에는 수많은 사람들이 모여들고 있었다.

"몬테규 집안과 캐플렛 집안이 싸운다!"

"또 싸우는구나! 하루가 멀다 하고 저렇게 싸움질이니…….이거 불안해서 살 수가 있나?"

구경꾼들은 이제 그들의 싸움에 질렸다는 듯 고개를 흔들며 투덜거렸다.

그때, 마차 한 대가 흙먼지를 일으키며 광장 반대쪽에서 달려왔다. 마차가 멈추더니 머리칼이 약간 희끗한 중년 남자가 마차에서 내렸다.

"지금 이게 웬 소동이냐? 아니, 이런 괘씸한 몬테규 놈들 같으니라고!"

마차에서 내린 이 남자는 바로 캐플렛 집안의 주인인 캐플렛이었다.

그가 마차를 향해 소리쳤다.

"여보, 어서 빨리 내 칼을 주시오!"

남편인 캐플렛의 큰 소리에 놀란 캐플렛 부인이 불안해하며 마차 밖으로 고개를 내밀었다.

"갑자기 칼은 왜 찾으세요? 저 못된 몬테규 집안을 상대로 칼을 잡으시겠다는 겁니까? 그만두세요. 제발 참으세요."

캐플렛 부인이 마차에서 내리더니, 남편의 팔을 잡으며 말렸다. 캐플렛 부인은 젊었을 때 베로나에서 그 아름다움으로 이름을 떨쳤던 여인이었다.

캐플렛이 부인과 실랑이를 벌이는 동안, 어디선가 쏜살같이 달려온 또 하나의 마차가 싸움판 바로 옆에서 멈췄다. 언제나 말끔하게 차려입고 다니는 귀족 몬테규가 마차에서 뛰어내린 것이다.

"캐플렛, 이 무례한 놈들아! 내 칼을 받아라!"

몬테규가 긴 칼을 휘두르며 한 발 내딛으려는 순간, 마차 속에서 몬테규의 부인이 그의 팔을 붙잡았다.

"안 됩니다! 참으세요, 제발."

"이 손을 놓으시오, 부인!"

"싸우시겠다면 꼼짝 못하게 하겠어요."

몬테규가 부인의 손을 떨쳐내려 했지만, 부인은 팔을 놓지 않았다.

결국 두 사람은 각각 부인에게 팔을 붙잡힌 채 무섭게 서로를 노려보기만 할 뿐이었다.

그때, 이 소동을 전해 들은 에스컬러스 영주가 군사들의 호위를 받으며 위엄 있는 모습으로 나타났다.

"영주님이시다!"

누군가의 외침 소리에, 모두들 한쪽으로 길을 비켜서며 영주를 향해 고개 숙여 경의를 표했다.

평소에는 인자하던 영주도 이번만큼은 도저히 참을 수가 없었는지, 아직도 씩씩거리면서 서로를 노려보고 있는 캐플렛과 몬테규를 찌푸린 얼굴로 쳐다보았다.

"나는 지금까지 당신들에게 최대한 마음을 써주었소. 그대들은 이 조용한 거리를 또 한 번 피로 물들일 뻔했소. 더 이상은 참을 수 없소. 앞으로 이 베로나 거리를 칼싸움으로 소란스럽게 하는 자가 있다면, 모두 엄하게 다스릴 것이오. 캐플렛! 그대는 지금 나와 함께 가고, 몬테규 그대는 이따 오후에 성으로 오시오. 마지막 경고요!"

단호한 표정으로 영주가 말했다.

마차에 다시 올라탄 캐플렛은 영주의 행렬을 따라갔다. 자존심이 상했지만 이곳의 통치자인 영주의 말을 거역할 수는 없었다. 티볼트 역시 숙부인 캐플렛을 따라갔다.

티볼트와 캐플렛 집안의 사람들이 사라지자, 광장은 순식간에 조용해졌다.

구경꾼들 역시 하나 둘씩 자리를 떴다. 그러자 광장에는 몬테규와 그의 부인 그리고 조카인 벤볼리오와 하인들만 남게 되었다.

"도대체 누가 먼저 싸움을 건 것이냐? 너는 처음부터 이곳에 있었던 것이냐?"

몬테규가 벤볼리오에게 불만스레 말했다.

"제가 도착했을 땐, 이미 하인들끼리 칼을 빼들고 있었습니다. 저는 싸움을 말리려고 했는데, 티볼트 녀석이……."

"조심해라. 티볼트는 베로나 제일의 무사다. 잘못 덤볐다간 큰일 난다."

"걱정 마세요. 소문보다 별것 아니던데요, 뭘!"

벤볼리오는 조금 전 티볼트에게 목숨을 잃을 뻔했던 걸 까맣게 잊은 듯 우쭐거리며 말했다. 하지만 몬테규는 그런 벤볼리오가 걱정스러웠는지 잘 타일렀다.

"아무튼 만만치 않은 놈이니 조심하거라."

"네, 알겠습니다."

"그런데 우리 로미오는 어디 있을까? 새벽부터 눈에 띄지 않던데……. 아무튼 로미오가 싸움에 끼지 않아서 정말 다행이에요."

잠자코 있던 부인이 걱정과 안도가 뒤섞인 얼굴로 말했다.

"숙모님, 걱정 마세요. 로미오는 제가 새벽에 만났습니다."

"그래, 어디서 보았느냐?"

"저쪽 숲에서 보았습니다. 제가 일찍 잠에서 깨어 산책을 하고 있는데, 로미오가 깊은 한숨을 쉬며 숲길을 걷고 있더군요. 무슨 큰 고민이 있는 얼굴이었기 때문에 모른 척했습니다. 마음이 괴로울 때는 모든 게 귀찮을 테니까요."

몬테규 부부의 단 하나뿐인 혈육 로미오는 그들 부부에게는 목숨과도 바꿀 수 없는 소중한 존재였다. 그런 소중한 아들의 슬픔은 곧 몬테규 부부의 슬픔이나 마찬가지였다.

"숙부님, 도대체 무엇 때문에 로미오가 그렇게 슬퍼하는지,

그 이유를 아십니까?"

"글쎄…말을 하지 않으니 알 수가 없구나."

몬테규가 안타깝다는 듯 고개를 흔들었다. 그때 로미오가 마침 광장 쪽으로 걸어오고 있었다.

"아! 숙부님, 저기 로미오가 오는군요. 제가 이야기해 볼 테니, 숙부님과 숙모님은 어서 집으로 들어가 계십시오."

"그래. 그럼 부탁하마."

몬테규와 부인이 마차에 올라타자, 마차는 곧바로 몬테규 저택을 향해 출발했다.


### 사랑에 빠진 로미오

"로미오, 산책은 잘하였는가?"

마차가 사라지자, 벤볼리오는 곧바로 로미오 쪽으로 발길을 돌렸다.

"그래, 벤볼리오. 그런데 저기 달려가는 것은 아버지의 마차가 아닌가?"

벤볼리오가 아무 대답 없이 고개를 끄덕였다.

"무슨 일이 있었던 거야?"

"조금 전에 캐플렛 녀석들과 한바탕했지. 뭐, 이젠 다 끝났지만 말이야."

"그럼 지금은 점심때가 지난 건가?"

"이제 막 아홉 시를 넘겼다네."

"이제 겨우 아홉 시? 난 열두 시가 넘은 줄 알았네. 슬픈 시간은 왜 이리 길고도 지루하단 말인가!"

로미오는 아버지인 몬테규를 쏙 빼닮았다. 시원스럽게 생긴 이마에 오뚝 솟은 콧날과 빛나는 갈색 눈동자, 성격 또한 호쾌했기 때문에 베로나의 청년들은 모두 로미오를 부러워했다. 그런 로미오가 탄식을 토해내자, 벤볼리오가 걱정스럽다는 듯이 슬쩍 물었다.

"그런데 무슨 일로 그렇게 괴로워하는 건가?"

"가져야 할 것을 얻지 못했기 때문이지. 가질 수만 있다면 하루라는 시간도 눈 깜짝할 사이에 지나가 버릴 것을……."

벤볼리오는 로미오의 우울한 표정을 살펴보다가, 그의 고민을 얼핏 알아차렸다.

"사랑에 빠진 것인가, 로미오?"

"그래, 사모하는 여자가 있는데 영 반응이 없다네. 난 지독한 사랑에 빠져 버렸어."

"그녀가 누구인가?"

"생각만 해도 가슴이 터질 것 같은데, 그 이름을 지금 나보고 말하란 말인가?"

로미오는 가슴을 치며 괴로워했고, 벤볼리오는 그런 로미오의 모습을 보며 너무도 애처롭다는 생각을 했다.

"그 여인이 누구인지 밝히면 안 된단 말인가?"

"아름다운 여인이네. 바라보는 것만으로도 정신을 몽롱하게 만들 정도로 대단한 미인이야!"

"자네도 바보로군. 자네답지 않게 뭘 그렇게 끙끙거리며 괴로워하는 건가? 그런 여자가 있다면 당장 그녀의 가슴에 사랑의 화살을 쏘게."

"벤볼리오, 나의 활솜씨라면 남 못지않아. 하지만 그녀는 큐피트의 화살을 어디에 쏘아도 맞아주려고 하지 않아. 나의 열렬한 구애를 은근슬쩍 넘겨 버리거나 이리저리 빠져나가 버린다네. 내가 어떤 수단과 방법을 써봐도 그녀에게는 소용이 없네. 도무지 마음을 열지 않는군."

"그녀가 수녀가 될 생각이 아니고서야, 자네 같은 베로나에서 제일가는 청년의 구애를 어떻게 뿌리친단 말인가? 그렇다면 로미오, 그녀를 그만 잊어버려."

벤볼리오의 위로에 로미오는 쓸쓸한 미소를 지으며 대답했다.

"나도 그러고 싶다네. 잊으려고 노력했지만, 잘 안 돼. 지금의 날 보라고! 도저히 안 되는 일이야. 벤볼리오, 그녀를 잊을 방법이 있다면 제발 가르쳐줘."

벤볼리오는 괴로워하는 로미오를 보며 냉정하게 말했다.

"지금 자네 생각은 온통 그녀에게만 쏠려 있어. 그러지 말고 좀 더 넓게 보게. 아름다운 여자는 베로나에 얼마든지 있다네."

하지만 로미오는 쓸데없는 말이라는 듯 고개를 흔들었다.

"그렇지 않네, 벤볼리오. 그녀가 아니면 그 누구도 필요 없어. 다른 여자를 보면 볼수록 그녀에 대한 내 사랑이 점점 깊어지는 걸. 자네도 아무 도움이 안 되는군. 집으로 돌아가야겠어. 너무 걱정 말게나."

"방법이 있을 걸세, 로미오."

벤볼리오와 인사를 나눈 후 로미오는 광장 반대쪽으로 사라졌다.

## 파리스 백작의 청혼

싸움이 있었던 그날 오후, 에스컬러스 영주는 캐플렛과 몬테규에게 벌을 내렸다. 하지만 그것은 아주 가벼운 벌로, 두 사람 다 집에서 얌전히 근신하라는 것이었다.

캐플렛은 집에 돌아오자마자 조용히 서재에 틀어박혀 있었다. 생각하면 할수록 분하고 괘씸해서 견딜 수가 없었다.

몬테규만 없었더라면, 자신이 베로나 제일의 귀족으로 영주에게 최고의 대우를 받으며 편하게 살 수 있을 것 같았다. 그런데 몬테규 때문에 집안에 갇혀 있게 되었으니, 몹시 기분이 언짢았다.

마음을 가라앉히려고 애쓰고 있을 때, 하녀가 들어왔다.

"파리스 백작께서 오셨습니다."

그 말을 들은 캐플렛이 벌떡 일어났다.

파리스 백작이라면 자신의 집을 방문해 주는 것만으로도 영광으로 생각해야 할 반가운 사람이었다. 파리스 백작은 예의 바른 미남 청년으로, 백작인 데다가 에스컬러스 영주의 친척이기도 했다.

그의 이름은 이미 베로나, 베네치아, 만토바까지도 널리 알려져 있었다.

"어서 오시죠. 잘 오셨습니다."

캐플렛은 체면을 잃지 않는 범위 내에서 자신보다 나이가 어린 파리스 백작에게 깍듯이 예의를 갖췄다.

두 사람은 한참 동안 정치에 관한 대화를 나누었다. 그런 다음, 파리스 백작이 정중하게 물었다.

"전에 말씀드린 제 청혼에 대해서 생각해 보셨는지요?"

파리스는 얼마 전에 캐플렛의 외동딸인 줄리엣에게 청혼을 했었던 것이다. 캐플렛은 미안하다는 듯한 표정으로 파리스 백작의 눈치를 보며 말했다.

"글쎄요. 전에 한 말을 되풀이할 수밖에요……. 아직 줄리엣은 너무 어립니다. 열네 살도 채 되지 않았는데, 어떻게 결혼을 시키겠습니까? 이 문제는 앞으로 좀 더 지켜보고 얘기해야 할 것 같습니다."

하지만 파리스 백작은 아무렇지도 않다는 듯 말했다.

"베로나에는 따님보다 더 어린 나이에 행복한 어머니가 된 여인들이 많습니다."

"어차피 언젠가는 출가를 시켜야 하니, 나도 굳이 오래 데리고 있을 생각은 없습니다. 백작의 생각이 정 그렇다면, 이렇게 해보는 건 어떨까요? 백작이 직접 줄리엣에게 청혼해 보십시오. 그 애가 좋아한다면 나도 기꺼이 승낙하겠소. 마침 오늘 밤 우리 집에서 가면무도회를 열기로 했습니다. 백작도 오셔서 무도회도 즐기실 겸 줄리엣과 이야기할 기회를 만들어보시는 게 어떻겠습니까?"

캐플렛의 제안에 백작은 얼굴에 미소를 지으며 흔쾌히 승낙했다.

"아, 좋은 기회로군요. 그렇게 하겠습니다."

캐플렛은 문밖까지 나가 파리스 백작을 배웅한 뒤, 부인에게 파리스가 방문한 목적과 오늘 저녁 무도회에 참석한다는 것을 알려주었다.

"그러니까 줄리엣이 당황하지 않도록 미리 귀띔이라도 해두시오."

파리스 백작이라면 딸의 신랑감으로 적당하다고 생각한 부인은 매우 기뻐했다. 아니, 오히려 과분하다는 생각도 들었다.

부인은 바로 줄리엣의 방으로 갔다.

줄리엣은 천사처럼 아름다운 아가씨였다. 갸름한 얼굴에 백옥같이 고운 피부와 맑고 순수한 갈색 눈동자는 어머니를 쏙 빼닮았다. 베로나에서 가장 아름다운 미녀라고 해도 손색이 없을 정도였다.

줄리엣은 밝은 미소를 지으며 어머니에게 다가와 인사했다. 어머니는 사랑스러운 딸을 바라보며 조심스럽게 말을 꺼냈다.

"줄리엣, 결혼에 대해 생각해 봤니?"

"결혼이라뇨? 상상조차 해본 적이 없는 일이에요, 어머니."

해맑게 웃던 줄리엣의 두 눈이 동그랗게 커졌다.

"잘 생각해 보렴. 베로나에는 너보다 나이 어린 여자도 아기 엄마가 된 경우가 많지 않니? 파리스 백작이 너에게 청혼하셨단다."

"아니, 그 멋지고 훌륭하신 파리스 백작님께서 아가씨에게 청혼을 했다고요? 아이고, 아가씨 정말 잘됐네요. 새하얀 웨딩드레스를 입은 아가씨의 모습은 얼마나 아름다울까."

줄리엣의 옆에 있던 유모가 호들갑을 떨며 말했다.

하지만 줄리엣은 파리스 백작이란 말에도 별다른 반응을 보이지 않았다.

줄리엣의 덤덤한 반응에 캐플렛 부인은 조금 실망한 표정을 지으며 줄리엣을 다독였다.

"줄리엣, 온 나라를 다 뒤져도 파리스 백작 같은 훌륭한 분을 신랑으로 맞이하긴 어려울 거야. 오늘 밤 무도회 때 오신다고 했으니 잘 얘기해 보려무나."

"네, 그렇게 하겠어요. 보면서 정이 드는 것이라면 정이 들도록 잘해 보겠어요. 그렇지만 그분에게 사랑을 느낄 수 있을지는 잘 모르겠네요. 제 눈은 어머니가 승낙하신 곳까지만 보고, 그 이상은 안 보겠어요."

줄리엣이 말을 마치자, 부인은 조용히 방을 나왔다.

## 가면무도회

로미오는 하루 종일 자신의 방 안에 틀어박혀 있었다.

"아, 그리운 로잘린!"

로미오는 온종일 로잘린을 생각하며 괴로워하고 있었다. 그러다 도저히 참을 수 없었는지 거리로 나왔다. 넓은 거리로 나가 오가는 사람들 틈에 섞여 있으면, 그동안만이라도 로잘린을 잊을 수 있을 것 같았기 때문이다.

"오, 로미오. 또 보게 되는군."

로미오는 거리에서 또다시 벤볼리오와 마주쳤다.

"그래, 또 거리를 헤매고 있었다네. 도저히 견딜 수가 없으니 어쩌겠나?"

마침 그때, 캐플렛 집안의 하인이 무도회 초대장을 들고 그들 옆을 지나갔다.

"안녕하십니까, 나리들? 오늘 저녁에 주인댁에서 가면무도회가 열린답니다. 제가 원래 까막눈이라 글씨를 읽을 수 없기에……. 나리들께서 초대된 분들의 명단 좀 읽어주실 수 있겠습니까?"

로미오는 명단이 적힌 종이를 받아들고 소리 내어 읽어 내려갔다.

"마치노 씨 부부 및 그 따님들, 안셀모 백작 및 누이들, 비트루리오 미망인, 플라센시오 씨와 그의 조카들, 머큐시오와 발렌타인 형제, 캐플렛 숙부님 내외와 따님, 바렌시오 씨와 그의 사촌 티볼트, 루시오와 헬레나 양, 조카 로잘린과 리비아……. 아니, 이게 누구인가! 로잘린? 로잘린의 이름이 여기 있어!"

로미오는 종이쪽지를 벤볼리오의 코앞에 들이대면서 허공을 바라보며 로잘린의 이름을 몇 번이고 되뇌었다. 벤볼리오가 고개를 끄덕였다.

"그렇군. 로잘린이 초대되었군."

로미오는 종이를 건네주며 하인에게 물었다.

"선남선녀들의 모임이군. 어디에서 모이나? 너는 어느 집 하인이냐?"

"저희 주인은 베로나에서 제일가는 귀족이신 캐플렛 나리십니다. 나리께서도 저 얄미운 몬테규네 사람만 아니라면 부디 오셔서 함께 파티를 즐기셨으면 좋겠습니다. 그럼 안녕히 가십시오."

하인은 눈을 반짝이며 묻는 로미오에게 예의 있게 대답한 후 인사를 하고는 총총히 걸어갔다.

"얄미운 몬테규네 사람이라고? 저 녀석이!"

하인의 무례함에 흥분하는 벤볼리오와는 달리, 로미오는 하인을 꾸짖을 생각도 잊고 그저 멍하니 서 있었다.

사랑하는 로잘린이 오늘 저녁 가면무도회에 간다고 생각하니 몹시 가슴이 두근거렸다. 더구나 가면무도회이니까, 어쩌면 얼굴을 가린 상태에서 그녀와 춤을 출 수 있는 기회가 올지도 모른다는 생각까지 들었다.

로미오의 마음을 눈치챘는지, 벤볼리오가 잘됐다는 듯이 로미오의 어깨를 툭 쳤다.

"잘됐군, 로미오. 우리도 오늘 그 무도회에 가는 게 어떤가? 그러면 자네가 그토록 사랑하는 로잘린과 다른 아름다운 여인들을 비교해 볼 수 있을 걸세. 가면무도회이니만큼, 가면을 쓰고 가면 들킬 염려도 없을 걸세."

"암, 당연히 가고말고. 친구인 머큐시오도 명단에 올라 있으니 함께 가면 될 거야. 하지만 벤볼리오, 그녀보다 더 아름다운 여인이라고? 만물을 다 보는 태양도 그런 미인을 보지 못했을 걸세. 난 그녀를 보러 가는 것이지, 로잘린을 다른 여자들과 비교하기 위해 가는 것이 결코 아니야."

"하하! 자네가 다른 여자들과 비교해 본 적이 있기나 한가? 아무튼 저녁때 만나세."

그날 저녁, 로미오와 벤볼리오 그리고 머큐시오는 가면을 쓰고 캐풀렛 저택으로 갔다.

원수처럼 지내는 집안에 몰래 숨어 들어간다는 것은 있을 수 없는 일이었지만, 사랑에 빠진 로미오는 그 어떤 것도 두렵지 않았다.

"로잘린 때문에 무도회에 온 것은 조금도 부끄럽지 않아. 하지만 초대도 받지 않은 내가 이렇게 불쑥 남의 파티에 참석한다는 것은 신사답지 못한 행동 같군. 변명을 하고 들어갈까, 그냥 들어갈까?"

"그래서야 되나. 이봐, 로미오. 자네는 꼭 그녀와 춤을 춰야 하네. 자넨 지금 사랑에 빠져 있잖나."

"그래 로미오, 어서 들어가세. 용기를 내게!"

망설이는 로미오를 머큐시오와 벤볼리오가 재촉했다.

세 사람은 가면으로 얼굴을 가리고 저택 안으로 들어갔다.

파티가 이제 막 시작되려는 참이었다. 세 사람이 안으로 들어갔을 때, 마침 캐플렛이 딸 줄리엣을 데리고 홀 안으로 들어오고 있었다. 사람들의 시선은 모두 아름다운 줄리엣에게로 쏠렸다.

하지만 단 한 사람, 로미오만은 홀 안의 시선을 집중시킨 줄리엣을 보지 않고 오로지 로잘린만을 뚫어져라 쳐다보고 있었다.

로미오는 마치 얼빠진 사람처럼 가면에 뚫린 구멍으로 로잘린의 얼굴을 바라보았다.

"어서 오시오. 여러분!"

로미오는 캐플렛의 인사말로 홀 안이 조용해졌을 때에야 겨우 정신을 차릴 수 있었다.

"이렇게 파티에 와주셔서 감사합니다. 이제부터 음악에 맞춰 즐겁게 춤을 추며, 모두 마음껏 즐겨 주시기 바랍니다! 자, 악사들, 연주를 시작하시오!"

캐플렛의 인사말이 끝나자마자 악사들이 연주를 시작했다. 홀 안에는 감미로운 선율이 흘러 넘쳤다. 젊은 남녀들은 홀 한복판으로 나와 빙글빙글 원을 그리며 춤을 추었다.

모두 파티의 즐거움을 누리고 있을 때, 로미오는 홀 한구석에 못 박힌 듯이 우뚝 서 있었다.

그는 이제 더 이상 로잘린을 쳐다보지 않았다. 로미오의 눈이 캐플렛 옆에 다소곳이 서 있는 아름다운 여인에게서 떠나지 못하고 있었던 것이다.

그녀는 그 어떤 꽃에도 감히 견주지 못할 만큼 아름다운 여인이었다.

'세상에……. 저렇게 아름다운 여인이 있었다니!'

로미오는 벤볼리오의 말을 떠올렸다. 벤볼리오의 말처럼 비로소 새로운 아름다움에 눈을 뜨게 된 것이다.

그 알 수 없는 아름다운 여인으로 인해 이제껏 그를 괴롭혔던 짝사랑의 괴로움이 한순간에 사라지고, 새로운 사랑의 감정이 솟아오르고 있었다.

'아! 저 여인이야말로 미의 여신이로구나. 고귀한 여신이여, 손이라도 한번 잡아봤으면……'

로미오가 줄리엣을 보고 정신을 차리지 못하고 있을 때, 한쪽에서 웃으며 이야기를 나누고 있던 티볼트가 로미오를 알아보고 말았다. 그는 즉시 캐플렛에게로 갔다.

"무슨 일이냐? 티볼트."

"숙부님, 제게 칼을 뽑을 수 있도록 허락해 주십시오. 원수 몬테규네 로미오 녀석이 뻔뻔스럽게도 이곳에 와 있습니다!"

"그게 확실하냐?"

"네, 로미오가 맞습니다."

"티볼트, 잠자코 내버려 둬라. 로미오는 품행이 아주 바르더구나. 그는 몬테규 가의 자식답지 않게 반듯한 청년이다. 베로나에서는 로미오를 칭찬하는 사람이 많지 않으냐? 그러니 이 도시의 전 재산을 다 준다고 해도, 내 집에서 저자를 해칠 순 없다. 오늘은 참고 모르는 척해라. 이게 내 뜻이다."

"하지만 숙부님! 저런 원수 놈의 자식이 이곳에 와 있다는 것은 무례하기 짝이 없는 일이지 않습니까! 어떻게 그냥 내버려 두란 말씀이십니까? 우리 가문을 위해서라도 저놈을 그냥 두어서는 안 됩니다."

"가만히 있으라고 하지 않았느냐! 내버려 둬라, 글쎄. 가만히 있으라면 가만히 있어!"

"숙부님, 저는 가만히 있을 수 없습니다. 이대로 가만히 있는 건 치욕입니다. 용서하십시오."

"티볼트, 이 건방진 녀석아! 그게 어째서 치욕이란 말이냐? 이 집의 주인이 너냐, 나냐? 기어이 내 말을 거역하겠다면, 네가 다치게 될 거야. 네놈이 나가거라!"

캐플렛은 버럭 화를 내며 티볼트를 몰아세웠다.

캐플렛에게 야단을 맞은 티볼트는 단단히 화가 나서 홀 밖으로 성큼성큼 걸어 나갔다.

## 원수의 딸

로미오는 티볼트가 자신 때문에 이렇게 화를 내고 있는 줄도 모르고, 계속 줄리엣에게서 눈을 떼지 못하고 있었다.

그 아름다움은 너무 눈이 부셔 가까이 다가가면 금방 사라져 버릴 것만 같았다.

그러나 알 수 없는 신비한 힘에 이끌려 로미오는 그녀에게 한 걸음씩 다가가고 있었다. 아름다운 여인은 시끄러운 홀의 분위

기가 마음에 들지 않는지, 이마에 손을 얹으며 베란다로 나갔다.

로미오도 얼른 그녀의 뒤를 따라갔다. 여인은 베란다에 몸을 기댄 채 달을 쳐다보고 있었다. 로미오가 천천히 다가가자, 줄리엣이 발소리에 놀라며 뒤를 돌아보았다.

"놀라지 마시오, 아름다운 여인이여!"

줄리엣은 발소리의 주인이 무도회에 참석한 사람이란 것을 알고 나서, 안심했다는 듯이 입가에 미소를 머금었다.

"달이 참 밝지요?"

줄리엣이 고요히 빛나는 달을 바라보며 맑은 목소리로 로미오에게 말을 걸었다.

"네. 그러나 조금 전까지 그렇게 아름다웠던 달이, 지금은 제게 아무런 가치가 없어졌습니다."

로미오의 말을 들은 줄리엣은 가면 밑으로 새어 나오는 믿음직한 목소리가 왠지 자신의 가슴에 와 박히는 걸 느꼈다. 목소리만으로도 가면 속에 숨어 있는 남자가 어떤 사람인지 알 것 같았다.

그것은 티볼트의 목소리처럼 딱딱하거나 고집스럽지도 않았고, 파리스 백작처럼 가냘프지도 않았다.

'목소리만으로도 인품이 짐작되는 이 사나이는, 어째서 오늘 밤 달이 아름다움을 잃었다고 말하는 걸까?'

"달님이 가치가 없다고요?"

줄리엣은 그 이유가 궁금해서 다시 물었다.

"네, 저 달보다도 몇 백 배나 더 아름답게 빛나는 당신을 보았기 때문입니다."

"어머나!"

로미오는 사랑의 힘에 이끌려, 자신도 모르게 속마음을 털어놓고 말았다.

줄리엣은 느닷없는 로미오의 고백에 무척 놀랐다.

이윽고 로미오가 천천히 가면을 벗자, 밝고 아름다운 달빛이 로미오의 얼굴로 가득 쏟아져 내렸다.

줄리엣은 가면 속에서 나타난 기품 있는 얼굴과 맑은 눈동자를 본 순간, 숨이 멎는 것 같았다.

두 사람은 대리석상처럼 우뚝 서서 아무 말없이 서로를 바라보았다.

얼마 후 로미오가 먼저 입을 열었다.

"오늘 밤 무도회에 온 보람을 얻었습니다. 누군가 제게, 세상에서 가장 아름다운 것이 무엇이냐는 말에 대답할 수 있게 되었으니까요."

줄리엣은 이미 말조차 제대로 할 수 없을 정도로 얼굴이 빨갛게 물들어 있었다.

"어머나!"

줄리엣이 뭐라고 대답해야 좋을지 몰라 고민하고 있는 찰나에, 로미오가 줄리엣의 손을 덥석 잡았다.

놀란 줄리엣이 손을 빼려 했지만, 마음과는 달리 쉽게 손을 움직일 수가 없었다.

"내 죄 많은 손을 당신의 아름다움으로 깨끗이 씻고 싶소."

"아가씨!"

줄리엣이 대답하려는데, 유모가 줄리엣을 부르며 베란다로 걸어왔다. 로미오가 당황하며 급히 가면을 썼지만, 이미 유모가 로미오의 얼굴을 본 뒤였다.

"아가씨, 어머니께서 부르십니다!"

줄리엣은 로미오에게 수줍은 듯 인사를 한 다음 홀 안으로 들어갔다.

그러자 로미오가 재빨리 뒤따라 들어가서 유모의 팔을 잡았다.

"에구머니나!"

유모가 깜짝 놀라 로미오를 돌아보았다.

"저 아가씨의 어머니가 누구십니까?"

로미오의 목소리는 조금 떨리고 있었다. 줄리엣이 어느 가문의 딸인지 이제껏 모르고 있었기 때문이다.

유모는 로미오를 빤히 쳐다보며 퉁명스럽게 대답했다.

"어머나, 이 총각. 아가씨의 어머니는 이 집 마님이시죠. 베로나에서 가장 미인으로 소문난 착하고 얌전한 분이시죠. 아까 같이 얘기하신 아가씨는 내가 기른 아가씨랍니다. 이 집의 외동딸이죠."

이미 로미오의 정체를 알고 있는 유모는 곱지 않은 말투로 말했다.

그제야 줄리엣의 정체를 알게 된 로미오는 심장이 터질 것만 같았다.

'내가 사랑하는 그녀가 캐플렛 집안의 딸 줄리엣이란 말인가?'

로미오는 아무 말도 할 수가 없었다.

유모가 로미오를 놔두고 줄리엣이 있는 쪽으로 빠른 걸음으로 사라져 버리자, 로미오는 베란다 난간을 짚고 후들거리는 두 다리를 간신히 지탱하며 서 있었다.

잠시 후, 정신을 가다듬은 로미오가 비통한 목소리로 중얼거렸다.

"원수의 딸이라니! 이 무슨 짓궂은 운명의 장난인가? 그러나 나는 절대로 그녀를 잊을 수 없다. 천사같이 아름답고 고운, 내 목숨과도 바꿀 수 없는 줄리엣……."

차가운 바람이 로미오의 마음을 갈기갈기 찢어놓는 것만 같왔다. 로미오는 한숨을 쉬며 홀 안으로 들어갔다.

그때 벤볼리오가 로미오에게 다가왔다.

"어디 갔다 오는 건가? 로잘린은 잘 보았나?"

하지만 로미오는 목이 메어서 아무 말도 할 수가 없었다. 눈치 빠른 벤볼리오는 더 이상 아무것도 묻지 않았다.

"이제 파티도 끝나 가니 집에 가는 게 어떤가?"

"그렇게 하지, 벤볼리오."

로미오는 자신을 신경 써주는 벤볼리오가 고맙기만 했다. 한시라도 빨리 자기 방에 가서 드러눕고 싶었다.

벤볼리오의 말대로 무도회의 손님들도 모두 돌아갈 준비를 하고 있었다.

"간단한 다과라도 더 들고 가시면 좋을 텐데, 모두들 가신다니 아쉽군요. 안녕히들 돌아가십시오. 여봐라, 어서 불을 더 밝혀 드려라."

캐플렛과 그의 부인은 문 앞에서 손님들에게 일일이 인사를 나누며 웃고 있었다.

홀 안에는 줄리엣과 유모만 남아 있었다.

줄리엣은 황홀한 기분으로 돌아가는 사람들을 한 사람 한 사람 바라보고 있었다.

로미오를 만나고 나서야 비로소 삶의 행복을 찾은 것 같았다.

그때, 로미오가 문간에서 막 인사를 나누고 있었다.

"유모, 이리 좀 와. 저기 저분은 누구지?"

줄리엣이 로미오를 쳐다보면서 유모에게 물었다.

"타이베리오 영감님의 외아드님이십니다."

"그분 말고, 지금 막 아버지와 인사를 나누고 문 밖을 나가는 분 말이야."

"잘 모르겠는데요."

유모는 그가 로미오라는 것을 알고 있었지만 일부러 모르는 척했다.

그러자 줄리엣이 안절부절못하며 말했다.

"그럼 어서 가서 이름 좀 물어봐요."

유모는 이상하다는 듯 줄리엣을 빤히 쳐다보다가 단호하게 말했다.

"원수 집안 몬테규네 외아들 로미오랍니다."

유모의 단호한 한마디에 줄리엣은 몸의 균형을 잃고 쓰러지려 했다.

"아가씨, 왜 그러세요?"

유모는 깜짝 놀라면서 창백해진 줄리엣을 부축하여 그녀의 방으로 데리고 들어갔다.

줄리엣은 유모의 말을 듣는 순간, 하늘이 무너져 내리는 것 같았다.

'아, 단 하나의 내 사랑이 단 하나의 내 증오에서 싹트다니! 모르고 있다가 너무 일찍 보아 버렸고, 알고 보니 이미 늦었어! 미운 원수를 사랑해야 되다니……. 하지만 이젠 너무 늦어 버렸어. 원수라 해도 이제는 어쩔 수 없어. 내 마음! 내 사랑!'

손님들이 모두 돌아간 후, 캐플렛 부인은 딸의 방으로 들어갔다. 그러나 줄리엣은 침대에 누워 꼼짝도 하지 않았다.

"줄리엣, 오늘 파티 때 파리스 백작과 얘기 좀 나누어 봤니?"

"어머니, 전 그분에게 시집가지 않겠어요."

평소와 달리 딱 잘라 말하는 줄리엣의 행동에 캐플렛 부인은 더 이상 아무 말도 물어볼 수가 없었다.

## 사랑의 맹세

무도회에서 돌아온 후, 로미오는 밤새 잠을 이룰 수가 없었다. 어젯밤까지 자신을 괴롭히던 로잘린을 깨끗하게 잊은 순간, 줄리엣이 더 큰 무게로 자신의 가슴을 차지했기 때문이다.

다음 날, 밤이 되자 로미오는 더 이상 견딜 수가 없었다. 줄리엣을 만나기 위해서라면 어떠한 모험이라도 해야겠다고 다짐

했다.

 저 멀리, 캐플렛의 저택이 푸른 달빛 속에서 궁전처럼 웅장하게 솟아 있었다. 그 성 안에 줄리엣이 있다고 생각하자 보고 싶어서 견딜 수가 없었다.

 로미오는 집을 나와 어둠이 짙게 깔린 거리를 뛰어갔다. 그리고 곧바로 캐플렛 저택의 높은 담 밑에 이르렀다.

 담장 너머로 2층 지붕이 조금 보였다. 정원은 나무들이 우거져 빼곡한 숲을 이루고 있었지만, 높은 담 위에 손을 얹은 로미오는 날쌔게 담을 뛰어 넘었다.

 로미오는 귀공자의 품격뿐 아니라 무예도 남에게 뒤처지지 않을 정도로 닦아두었기 때문에 그 정도의 담은 거뜬히 넘을 수 있었다. 단지 자신의 훌륭한 솜씨를 남 앞에서 드러내지 않았기 때문에 베로나 사람들이 로미오의 숨은 실력을 잘 알지 못할 뿐이었다.

 담을 넘은 로미오가 몸을 숨기고서 줄리엣의 방을 찾고 있을 때, 2층 창문이 조용히 열렸다. 로미오는 바짝 긴장한 채 숨을 죽였다.

 2층의 열린 창문으로 몸을 내민 사람은 다름 아닌 줄리엣이었다.

 '오, 줄리엣! 그녀다!'

창문으로 몸을 내민 줄리엣은 로미오를 생각하고 있었다. 한번 불이 붙어 버린 첫사랑은 줄리엣에게 견딜 수 없는 괴로움과 달콤함을 동시에 안겨주었다.

하지만 그 달콤한 첫사랑의 상대가 다른 사람도 아니고, 원수 집안의 외아들이라니…….

줄리엣은 자신과 똑같은 심정으로 괴로워하고 있는 로미오가 바로 자기 방 아래의 나무 그늘에 숨어 있으리라고는 미처 생각지 못했다.

한참을 괴로워하던 줄리엣의 꼭 다물어진 입이 열리더니 작은 탄식의 소리가 흘러 나왔다.

"아아! 로미오, 그리운 로미오 님! 어째서 당신의 이름은 로미오인가요? 당신의 이름만이 제 원수예요. 아버지를 잊으시고 그 이름을 버리세요. 아니, 그렇게 못하시겠다면, 저를 사랑한다고 맹세만이라도 해주세요. 그러면 저도 캐플렛의 성을 버리겠어요."

줄리엣의 애달픈 탄식을 듣고 있는 로미오는 감격으로 온몸을 떨었다.

'오, 줄리엣. 내가 로미오라는 것을 알고 있구려. 내가 원수의 집 자식이란 것을 알면서도 집안을 버리고라도 날 사랑한다고 맹세하고 있는 건가? 아, 가슴이 터질 것 같구나! 말을 걸어볼

까? 아니면 좀 더 들어볼까?'

"로미오, 당신의 몸과는 아무 상관이 없는 그 이름 대신에 이 몸을 고스란히 가져가세요."

로미오는 줄리엣의 말을 더 듣고 싶었지만, 마음과는 달리 입 밖으로 말이 불쑥 튀어 나오고 말았다.

"줄리엣! 이 로미오도 당신만을 사랑합니다. 당신 말대로 당신을 갖겠소. 당신이 나를 사랑한다고만 말해 준다면, 다시 세례를 받고 로미오란 이름은 이제부터 영영 버리겠소."

낯선 남자의 목소리에 놀란 줄리엣은 창가에 기댔던 몸을 세우며 두리번거렸다.

"누구세요? 이렇게 한밤중에 무례하게 남의 집 담을 넘어 들어와, 어둠 속에서 남의 비밀을 엿듣는 당신은?"

줄리엣의 목소리는 몹시 떨고 있었다.

로미오는 숨어 있던 나무 그늘에서 나와 달빛 속으로 모습을 드러냈다.

"누구냐고요? 내 이름은 바로 당신의 원수니, 나 자신도 그 이름이 밉소. 내 이름이 종이에 적혀 있다면, 그 종이를 갈기갈기 찢어 버리고 싶다오."

줄리엣은 그제야 낯선 남자가 로미오라는 것을 알고, 자기도 모르게 창밖으로 몸을 내밀며 정원을 자세히 살펴보았다. 그리고는 뛰는 가슴을 진정시키지 못하고 이렇게 외쳤다.

"오, 로미오! 당신이로군요! 몬테규 댁의 로미오 님!"

로미오는 줄리엣이 자신을 더 잘 볼 수 있도록, 밝은 달빛 아래로 모습을 드러냈다.

"로미오 님! 이 밤중에 어떻게 여기에 계시나요? 담은 높아서 오르기도 어렵고, 당신의 신분으로 봐서 우리 집 식구들에게 들키는 날이면 당신의 고귀한 생명을 잃을지도 모르는데 말입니다."

"이까짓 담이야 사랑의 가벼운 날개를 타고 얼마든지 넘을 수 있소. 당신의 정다운 눈길만 있다면 적개심으로 가득 찬 그들쯤은 두렵지 않소. 사랑이란 연인들에게 무슨 일이든지 가능하게 하는 마법 같은 힘을 주는 법이라오."

"당신은 누구의 안내로 이 위험한 곳을 찾아오셨나요?"

"사랑이 나를 안내했지요. 줄리엣, 이 모두가 사랑의 힘입니다."

줄리엣은 로미오의 듬직한 목소리에, 그리고 어둠 속에서도 반짝이는 눈동자를 바라보며 미소를 지었다.

"당신이 숨어서 듣지만 않았더라면, 저는 좀 더 당신에게 수줍게 대했을 거예요. 로미오 님, 제가 결코 한순간의 들뜬 마음으로 당신에게 마음을 허락한 것이라고 생각하면 안 돼요."

"나는 저 달을 두고 맹세하리다. 이곳 나무들의 가지를 온통 은빛으로 물들이고 있는 저 달님을 두고."

"싫어요, 로미오 님. 저 변덕스러운 달님을 두고 맹세하지 마세요. 나날이 변하는 달이기에, 당신의 사랑마저 그처럼 변할까 봐 두려워요."

"그럼 무엇에다 두고 맹세할까요?"

"맹세 따윈 하지 마세요. 그래도 기어코 맹세를 하려거든 당신 자신에게 하세요. 당신은 제가 숭배하는 신과 같은 사람이니, 당신을 믿겠어요."

그때였다. 유모가 줄리엣을 부르는 소리가 들렸다.

"아가씨!"

줄리엣이 당황하여 서둘렀다.

"유모가 부르고 있군요. 로미오 님, 그만 가봐야겠어요. 그럼 안녕히 돌아가세요!"

"줄리엣!"

안으로 들어가 버린 줄리엣이 다시 모습을 드러냈다.

"한마디만 더 여쭙겠어요, 그리운 로미오 님."

"아가씨!"

"응, 곧 갈게, 유모! …로미오 님, 저는 당신을 믿어요. 당신의 애정이 진정이고 결혼할 생각이시라면, 내일 사람을 보내겠어요. 그때 언제 어디서 결혼식을 올릴 것인지 알려주세요. 그러면 운명을 송두리째 당신께 맡기고 당신을 남편으로 삼아 이 세상 어느 곳이라도 따라가겠어요."

"천지신명께 맹세코……."

"제가 내일 아침에 당신에게 유모를 보낼 테니, 광장에서 기다려 주세요. 유모는 저를 친자식처럼 사랑하는 분이니까 제 비밀을 지켜줄 거예요. 그리운 로미오 님, 이젠 안녕!"

로미오는 한 순간 자신의 귀를 의심했다. 마치 꿈을 꾸고 있는 것만 같았다.

"아! 줄리엣, 나는 오늘 밤 행복한 꿈에 젖어 잠들 수 있을 것 같소. 안녕히!"

"로미오 님, 안녕히 가세요!"

로미오만 남겨두고 사라진 줄리엣은 더 이상 창문 밖으로 모습을 드러내지 않았다.

### 신부님께 고백

로렌스 신부는 남의 괴로움을 보면 성심성의껏 도와주는 사람이었다. 그렇기 때문에 베로나 사람들은 누구나 할 것 없이 이 신부를 존경했다. 영주인 에스컬러스까지도 로렌스 신부 앞에서는 늘 고개를 숙였다.

"로렌스 신부님!"

누군가 부르는 소리에 아침 산책을 하던 로렌스 신부가 천천히 뒤를 돌아보았다.

"오, 로미오. 이렇게 일찍 무슨 일이지?"

반가움에 가득 찬 인사를 건네던 신부가 눈을 크게 뜨며 로미오를 살펴보았다.

지난밤에 잠을 안 자고 어디를 돌아다녔는지 눈이 붉게 충혈된 데다 이슬에 흠뻑 젖은 로미오의 모습을 보고, 로렌스 신부는 무척 놀랐다.

"아니, 옷이 왜 그러냐? 밤새 어디를 헤매고 다닌 모양이로구나."

"신부님, 저는 어젯밤 다시 태어났습니다!"

로미오는 환희에 넘치는 표정으로 신부를 바라보았다.

"로미오, 아침 일찍 나타나서 도대체 무슨 말을 하는 건지 모르겠구나."

"저는 어젯밤 이 세상에 태어나 처음으로 가장 행복한 시간을 보냈습니다, 신부님."

신부는 놀란 듯 눈을 크게 뜨며 물었다.

"그러면 드디어 로잘린이 네 사랑을 받아들인 것이냐?"

"아닙니다. 전 그 이름도, 그 이름이 주는 고민도 잊어버렸습니다. 제 멀었던 눈이 드디어 참사랑을 찾아냈습니다."

"오, 그거 반가운 소식이로구나!"

신부는 정말 반가워하며 로미오에게 축하의 인사를 건넸다. 로잘린에 대한 로미오의 짝사랑을 로렌스 신부도 잘 알고 있었기 때문이다.

"저는 참사랑을 찾아 눈을 떴지만, 그 참사랑 뒤에 있는 검은 그림자가 저를 괴롭힙니다. 하지만 저는 어떻게든 그 검은 그림자를 뛰어넘을 겁니다."

"말해 보아라, 로미오. 내 힘으로 없앨 수 있는 것이라면 도와주겠다."

"신부님! 저도 그 부탁을 드리러 왔습니다. 제발 저를 도와주십시오. 그 검은 그림자를 신부님의 힘으로 없애주십시오."

"그래, 로미오. 우선 안으로 들어가서 네 몸부터 녹이고 얘기를 들어보자꾸나."

로렌스 신부는 로미오를 서재로 데리고 들어갔다.

"그럼 솔직히 말씀드리겠습니다. 캐플렛 가문의 외동딸을 사랑하게 되었습니다. 제가 사랑하듯이 그녀도 저를 사랑합니다. 저희는 이것을 하늘이 맺어준 인연이라고 생각합니다. 신부님,

이제 신부님께서는 신 앞에서 결혼으로 저희 두 사람을 맺어주는 일이 남았습니다. 부디 오늘 저희들이 결혼식을 올리게 해주십시오."

로미오의 이야기를 들은 신부는 매우 놀란 눈치였다. 로미오는 덧붙여 그들이 어떻게 만났는지, 어떻게 사랑을 속삭이고 어떻게 맹세를 나누었는지에 대해서도 자세히 얘기했다.

로미오의 말이 끝나자, 로렌스 신부는 한참 동안 생각에 잠겼다.

잠시 후, 어두웠던 신부의 얼굴이 차차 밝아지더니 무언가 단단히 결심한 듯 감았던 눈을 뜨며 힘 있게 말했다.

"로미오, 원수를 사랑하는 건 좋은 일이다. 내가 어찌 그 일을 모른 체하겠느냐?"

"고맙습니다, 신부님. 신부님 말씀을 들으니 힘이 솟는 것 같습니다."

로렌스 신부는 그동안 캐플렛과 몬테규 집안을 화해시키기 위해 많은 노력을 했다. 하지만 두 집안 사이에 놓인 오래된 장벽은 쉽게 무너지지 않았다. 신부는 자신이 하지 못한 일을 젊은 남녀가 사랑의 힘으로 실현할 수 있을 거라는 소망을 갖기 시작했다.

"하지만 그렇게 빨리 결혼식을 하는 것은……."

"빠르다뇨? 신부님, 지난 이틀 밤이 저희들에게는 천년보다 더 길게만 느껴졌습니다."

오늘 당장 결혼을 해야겠다는 로미오의 말에 로렌스 신부는 당황하여 어쩔 줄을 몰랐다. 하지만 로미오의 간절한 태도를 보고 다시 한 번 마음을 굳혔다.

"그래, 주례를 서주마. 그리고 너희들의 결혼을 축복해 주마. 이 연분으로 두 집안의 원한이 풀릴지도 모르지. 그렇게만 된다면 얼마나 좋겠느냐?"

"감사합니다, 신부님. 전 빨리 가서 해야 할 일이 있습니다. 이 기쁜 소식을 줄리엣에게 전해 줘야겠어요."

로미오는 인사를 하기가 무섭게 성당에서 뛰어나갔다.

### 행복한 로미오

로미오가 신부님께 속마음을 털어놓았을 무렵, 광장에서는 벤볼리오와 머큐시오가 이야기를 하고 있었다. 티볼트가 로미오에게 결투를 신청해 왔기 때문이다.

"티볼트가 로미오의 집으로 편지를 보냈다고?"

"결투장이라네."

"로미오는 틀림없이 응하겠지?"

"로미오의 성격으로 봐서 당연히 그러겠지……."

"티볼트, 이 잔인한 놈! 로미오는 지금 상황이 좋지 않은데……. 로미오가 티볼트에게 덤빌 수 있겠나? 이 비겁한 놈!"

머큐시오가 마치 자신의 일처럼 분통을 터트렸다.

"아마도 그저께 밤에 우리가 자기들의 무도회를 망쳤다고 화가 난 모양이네."

벤볼리오의 말처럼, 그날 밤 티볼트는 숙부가 말리는 바람에 간신히 참긴 했지만 화를 가라앉힐 수가 없었다. 아무리 생각해 봐도 로미오를 순순히 돌려보낸 것이 너무나 자존심 상하게 여겨졌다. 그래서 로미오에게 복수를 해야 직성이 풀릴 것 같아서 결투장을 보냈던 것이다.

"아, 저기 로미오가 오고 있네."

벤볼리오의 말대로 광장 저쪽에서 로미오가 걸어오고 있었다. 그런데 그의 얼굴은 온 세상을 손에 쥔 것처럼 행복해 보였고, 걸음걸이는 나는 새처럼 가벼워 보였다.

로미오는 줄리엣이 보낼 유모를 만나러 광장에 온 것이었다. 그의 머릿속은 줄리엣의 유모가 오면 로렌스 신부의 이야기를 들려줄 생각으로 가득 차 있었고, 지금 이 순간 자신만큼 행복한 사람이 없는 것처럼 느껴졌다.

그로 인해 멀찌감치 떨어져서 자신을 바라보고 있는 벤볼리오와 머큐시오도 알아보지 못할 정도였다.

"딱 얼빠진 모습이군. 저 사람 좀 보게. 그는 이미 눈이 멀어 버렸다네."

자신들을 알아보지도 못 하는 로미오를 보고 머큐시오가 투덜거릴 때, 로미오가 바로 그들 앞에 이르렀다. 그제야 그들이 둘도 없는 친구들이라는 것을 알아채고 말했다.

"아! 두 친구 다 안녕한가! 밤새 잘들 잤나?"

로미오의 입에서는 기쁨에 겨운 인사가 터져 나왔다.

행복에 젖어 있는 로미오의 모습을 보자, 벤볼리오는 티볼트의 결투 신청 이야기를 꺼내기가 망설여졌다.

어떻게 얘기를 시작해야 할지 갈피를 잡지 못하고 있을 때, 줄리엣의 유모가 나타났다.

"에고고, 숨차다!"

"아! 당신은……."

로미오는 유모를 바로 알아보고 매우 반가워했다. 그러나 유모는 알면서도 짐짓 딴청을 부리며 로미오에게 물었다.

"댁이 로미오 도련님이시오? 댁이 로미오 님이라면 조용히 여쭐 얘기가 있는데요……."

유모의 말에, 머큐시오는 잔뜩 심통 난 얼굴로 걱정스럽게 로미오를 바라보고 있는 벤볼리오를 데리고 자리를 피했다.

"유모, 얼른 가서 줄리엣에게 전해 주오. 유모 앞에서 맹세하지만, 저……."

"아이고, 꼭 그렇게 전할게요. 아, 우리 아가씨가 얼마나 기뻐하실까!"

유모는 로미오의 말을 끝까지 다 듣지도 않고 호들갑을 떨었다.

"유모, 대체 무엇을 전하겠다는 거요? 내 말을 끝까지 듣지도 않고서!"

"아가씨에게 이렇게 전하면 되지요. 로미오 님께서는 참 신사답게 맹세를 하시더라고."

"덧붙여 이렇게 전해 주오. 오늘 오후 고해성사를 핑계로 성당에 나오시라고요. 그리고 로렌스 신부님의 사제관에서 고해성사를 하고 난 뒤, 곧 결혼식을 올릴 예정이라고 전해 줘요."

"에구머니나! 그렇게 빨리요?"

유모는 너무나 놀란 나머지 벌린 입을 다물지도 못 했다. 어젯밤 두 사람이 무슨 말을 나누었는지 전혀 알지 못하는 유모로서는 충격적인 말이 아닐 수 없었다.

하지만 로미오는 상관없다는 듯 계속 말했다.

"하여튼 그렇게만 전해 주시오. 그리고 이것은 수고비요."

"이런 건 한 푼도 필요하지 않아요. 저는 받지 않을 테니까 넣어 두세요."

"내 성의니까, 그러지 말고 받아 두시오."

받지 않겠다며 펄쩍 뛰던 유모는 결국 못 이기는 척하며 돈을 받았다.

"오늘 오후에 결혼식을 올린단 말씀이시죠? 꼭 그렇게 전하겠습니다. 도련님, 부디 하느님의 축복이 함께하시길!"

유모가 로미오와 대화를 나누는 동안, 줄리엣은 나무가 울창한 정원의 벤치에서 유모가 돌아오기만을 애타게 기다리고 있었다.

얼마 후, 유모가 헐떡거리며 들어섰다.

"유모, 로미오 님을 만났어요?"

"잠깐만 기다려 봐요. 일단 안으로 들어가서요……."

궁금증으로 애가 탄 줄리엣은 유모가 늑장을 부리자 거의 울상이 되어 말했다.

"유모, 왜 대답을 못해요? 그분을 만나지 못했나요?"

그러나 유모는 계속 자기 푸념만 늘어놓았다.

"아이고, 피곤해라! 좀 쉬어야겠어요. 원, 왜 이렇게 다리가 아플까! 많이도 뛰어다녔구먼!"

"수고했어요, 유모. 다리는 내가 주물러 줄 테니, 자. 어서 말해 봐요. 착한 유모, 얼른……!"

줄리엣이 허리를 굽히며 유모의 다리를 주무르려고 했다.

"맙소사, 성미가 급하긴! 그 잠깐을 못 기다린담? 그만두세요. 주물러서 나을 다리 같으면 벌써 백 번도 더 주물렀을 거예요."

"아프다니, 참 미안해요. 그런데 착한 유모, 그이가 뭐라고 하셨지?"

"그이는 참 점잖은 신사답게 말하시던데요. 얌전하고, 미남이고, 또 참말로 예의바른 신사답게 말하셨어요. 그런데 참, 아가씨! 오늘 고해성사 드리러 성당에 갈 승낙은 얻었죠?"

"응."

"그럼 어서 빨리 로렌스 신부님이 계신 성당으로 가세요. 그곳에 가면 아가씨를 아내로 삼으려는 낭군이 기다리고 있을 거예요."

유모의 말을 들은 줄리엣의 두 볼이 부끄러움으로 발갛게 물들었다.

"저것 봐, 벌써 두 볼이 발갛게 달아올랐네 그려. 하긴 무슨 말만 들어도 금방 빨개질 때지. 그렇게 좋으세요? 행여나 마님이 아시기라도 할까 봐 난 걱정이 되어 죽겠는데. 자, 어서 성당으로 가봐요. 난 줄사다리를 가지러 가볼 테니까. 밤이 되면 그분이 그 줄사다리를 타고 새처럼 날아서 아가씨가 있는 보금자리로 올라올 거예요."

행복에 겨운 줄리엣의 모습을 보는 유모의 얼굴에도 어느덧 환한 미소가 피어올랐다.

'행복을 찾아 어서 가자. 착한 유모, 안녕.'


## 사랑의 힘

그날 오후, 로미오는 로렌스 신부의 방에서 줄리엣이 오기만을 애타게 기다리고 있었다.

'줄리엣이 누구의 방해도 받지 않고 무사히 와주어야 할 텐데……'

로렌스 신부는 겉으론 태연한 척 앉아 있었지만, 마음속은 마치 자기가 결혼하는 것처럼 흥분된 상태였다. 그는 이 젊은 두 사람의 앞날에 행복만이 가득하길 진심으로 빌고 또 빌었다.

"신부님, 이 행복이 저의 손에서 빠져나가지 않도록 어떤 불행이나 고통도 이겨내겠습니다. 사랑의 힘으로 어떠한 어려움도 반드시 이겨내고 말 것입니다."

"로미오, 마음을 차분히 가지려무나. 지나치게 격렬한 기쁨은 격렬 자체로 끝나며, 불길이 셀수록 빨리 타 버리는 법이야.

사랑도 은근히 달궈져야 오래가는 법이고……. 급하게 서두르면 천천히 살펴가는 것보다 오히려 더디기 마련이지. 아, 저기 줄리엣이 오는구나. 정말 아름답지 않니?"

로미오를 걱정스러운 눈길로 바라보며 말하고 있던 로렌스 신부의 눈에 조용히 걸어오는 줄리엣의 모습이 보였다.

로미오가 줄리엣의 모습을 보면서 혼잣말을 했다.

"걸음걸이가 참으로 가볍기도 하다. 거미줄 위를 걸어도 떨어지지 않겠군. 사랑의 기쁨은 그렇게도 가벼운 것이니까."

줄리엣의 모습은 어젯밤 달빛 아래에서 볼 때보다도 더 아름다웠다.

"신부님, 안녕하세요?"

행복에 겨워 떨리는 목소리로 줄리엣이 인사하자, 로렌스 신부가 말했다.

"로미오가 우리 둘 몫의 인사말을 할 거다. 두 사람 몫의 인사를 하고도 모자랄 만큼 하고 싶은 말이 많을 테니까."

로렌스 신부의 말을 듣고 난 줄리엣이 로미오에게로 돌아서며 말했다.

"로미오 님, 간밤에 무사하셨어요?"

로미오는 대답 대신 가까이 다가가 줄리엣을 힘껏 껴안았다. 그것이 로미오의 인사였다.

로렌스 신부는 두 남녀의 애끓는 모습을 보며 결혼식을 빨리 진행해야겠다고 결심했다.

결혼식만 올리면, 죽음이 그들을 갈라놓지 않는 한 아무도 두 사람을 떼어놓을 수 없을 거라고 생각했던 것이다.

"자, 나와 함께 가서 어서 일을 마치자. 어서 식을 올려야지. 나는 너희들이 하느님 앞에서 하나로 맺어지기 전까지는, 이렇게 너희들끼리만 있게 할 수 없다."

두 사람은 부푼 가슴을 안고 신부의 뒤를 따라서 성당으로 들어갔다.

### 집안간의 결투와 죽음

머큐시오와 벤볼리오는 로미오가 걱정되어 견딜 수가 없었다.

그들은 베로나 거리를 산책하다가 다시 광장으로 돌아왔다. 해는 정오를 넘어서 서쪽으로 약간 기울어져 있었다.

"로미오가 아직까지 이곳에 있을 리가 없어. 이보게, 머큐시오. 우린 그만 물러가세. 날씨가 무더워서 가뜩이나 짜증스러운데, 캐플렛네 것들이 다니고 있으니 마주치면 싸움을 피할 수 없을 걸세."

"아니, 왜 우리가 그들을 피하나?"

"왠지 불안한 생각이 들어서 그러네."

"무엇이 그렇게 자네를 불안하게 하는 거지?"

"뻔하지 않나? 화가 머리끝까지 난 티볼트가 결투장까지 보냈는데, 여기서 마주친다면 아마 무사하지 못할 걸세."

"이보게 벤볼리오. 그처럼 겁이 많아서야 어떻게 이 세상을 살아 가겠나? 그리고 우리가 죄를 지은 것도 아닌데, 뭣 때문에 피해 다녀야 하나?"

"자네가 로미오와 친하다는 건 모두가 다 아는 사실이네."

"난 아무하고나 싸움을 벌이지 않아. 난 싸울 이유가 있을 때만 싸우네."

그때 갑자기 벤볼리오가 말을 하고 있는 머큐시오의 팔을 잡아끌었다.

"저것 보게. 호랑이도 제 말하면 온다더니, 저기 그 녀석들이 오잖아."

"쳇, 올 테면 오라고 그래."

티볼트가 광장으로 통하는 한 골목에서 하인들을 거느리고 으스대며 걸어오고 있었다.

걸어오던 티볼트도 머큐시오와 벤볼리오를 보았다.

거리가 좁혀지자, 먼저 티볼트가 입을 열었다.

"안녕하시오? 나는 당신들 중 누구한테든 간에 한마디 얘기하고 싶은데……."

거만하기 짝이 없는 티볼트의 말투에 머큐시오가 버럭 화를 냈다.

"할 말이 있다고? 한바탕이 아니고, 한마디? 소동 좀 부려보겠다는 거요?"

티볼트가 제아무리 베로나 제일의 무사라고 하더라도, 그의 건방진 태도를 보고 가만히 있을 머큐시오가 아니었다.

"당신네 편에서 기회만 마련해 준다면 그냥 물러설 우리가 아니지."

"그런 기회까지 우리가 꼭 마련해 줘야 하나? 그 편에서 마련하기에는 용기가 없나 보지?"

"머큐시오, 네 이놈! 넌 로미오란 녀석하고 한패가 되어 가지고……."

"한패라고? 우리가 거렁뱅이 악사 패거린 줄 알아? 좋아, 그렇게 봐도 상관없어. 대신에 거렁뱅이 악사 패거리의 시끄러운 맛 좀 봐라! 자, 이 칼이 악기를 연주하는 채다. 여기에 맞춰 춤이나 좀 춰보시지! 내가 얼마든지 상대해 줄 테니까."

티볼트와 머큐시오의 말다툼은 곧 서로의 칼을 빼들게 만드는 싸움으로 번지고 말았다.

어느새 광장은 때 아닌 싸움을 보러 나온 베로나 시민들로 가득했다.

"큰길에서 소란을 피울 게 아니라 어디 조용한 곳으로 가서 서로 불만을 따지든지 하게나! 아니면 이대로 그냥 헤어지든가. 사람들의 눈이 모두 자네들을 보고 있잖나."

당황한 벤볼리오가 두 사람을 말리려고 노력했지만, 이미 서로를 노려보는 것에만 집중하고 있는 두 사람에게 벤볼리오의 말이 들릴 리가 없었다.

"볼 테면 보라지. 사람의 눈은 보라고 달린 거야. 난 남의 눈치나 살피고 비위를 맞추자고 물러설 수는 없어."

"제발 그만해! 이렇게 사람이 많이 모인 광장에서 싸우는 건 귀족의 수치라네. 조용한 곳으로 가서 말로 하면 어떻겠나?"

티볼트의 칼 솜씨를 잘 아는 벤볼리오는 어떻게든 조용히 일을 마무리 짓고 싶었다.

그때였다. 결혼식을 마친 로미오가 기쁜 마음으로 광장에 모습을 나타냈다. 이제 막 새신랑이 된 로미오의 눈에는 온 세상이 아름다워 보였다.

그런 로미오의 모습을 가장 먼저 발견한 것은 티볼트였다.

"흠, 머큐시오. 자네와는 볼일이 없어졌군. 호랑이도 제 말하면 온다더니, 저기 내가 기다리는 로미오 녀석이 오고 있으니 말이야."

티볼트가 머큐시오에게 겨눴던 칼끝을 거두자, 머큐시오는 순간 걱정이 되었다.

'저 로미오 녀석은 왜 하필 이런 때 나타난 거지? 티볼트와의 결투만은 반드시 막아야 해. 차라리 내가 티볼트를 상대하자.'

늘 익살스럽고 여유 있는 성품의 머큐시오였지만, 친구간의 의리를 더없이 소중하게 생각하는 사나이였다.

"흥, 티볼트 이놈! 로미오가 네 종이더냐? 로미오 녀석이라니! 나하고는 볼일이 없어졌다고? 나하고는 안 싸우겠다고? 네 속셈을 모를 줄 아느냐? 비겁한 놈! 넌 내가 무서운 거지?"

머큐시오가 어떻게든 티볼트를 막아보려고 애를 쓰고 있는 동안, 로미오가 벌써 가까이 다가와서 그들의 대화를 모두 듣고 말았다.

그러나 그의 얼굴에는 화를 내는 기색이 전혀 없었다. 그는 이미 줄리엣과 결혼하여, 티볼트와 친척 관계가 되었기 때문이다.

"여보게 티볼트, 난 자네의 그 무례한 인사도 참고 넘어가겠네. 나에게는 자네를 사랑해야 할 이유가 생겼거든. 나는 자네와 더 이상 싸울 수 없는 사이가 되어 버렸다네. 그리고 머큐시오는 내 절친한 친구이니, 더 이상 욕하지 말고 이대로 헤어지세."

로미오가 침착하게 말하자, 티볼트는 더욱 화가 났다.

"흥! 이놈, 그 따위 말로써 네 녀석이 준 모욕을 씻을 수 있으리라 생각하느냐? 어서 이쪽으로 돌아서서 칼이나 빼!"

"내가 자네에게 모욕을 주었다고? 분명히 말하지만, 난 자네에게 모욕을 준 일이 없네. 오히려 나는 자네가 상상도 못할 만큼 자네를 사랑하고 있네. 그 까닭을 여기서 말할 수 없어 안타깝지만……. 앞으로 차차 알게 될 걸세. 그만 진정하게."

로미오가 티볼트에게 다정한 말투로 얘길 하자, 머큐시오도 화가 머리끝까지 치밀었다.

"로미오! 뭘 그토록 비겁하게 빌고 있는 거지? 사내 녀석이 왜 그래? 뭐가 무섭다고 저 따위 녀석에게 비굴하게 굽실대는 거야?"

"머큐시오, 진정하게! 난 티볼트와 싸울 수가 없네. 이젠 그를 사랑할 충분한 이유가 있어."

"말도 안 되는 소리! 티볼트, 어서 덤벼라!"

티볼트는 로미오와 싸우고 싶었지만, 상황이 이렇게 되니 어쩔 수 없었다.

"오냐, 덤벼봐라! 네가 죽고 싶은 모양이구나. 머큐시오!"

"어서 덤벼봐, 네놈의 칼솜씨 좀 보자. 칼자루를 쥐고만 있지 말고 어서 칼을 써보시지!"

"좋다! 네 소원이 그렇다면 얼마든지 상대해 주마!"

티볼트는 다시 칼끝을 머큐시오에게 겨눴고, 그와 동시에 머큐시오도 칼끝을 티볼트에게 겨눴다.

어느덧 해가 저물어 두 사람의 칼날이 노을빛에 번쩍였다.

광장에 모여 있던 사람들은 정말로 칼싸움이 일어나자 모두 놀라 한 발씩 물러섰다.

그중 가장 당황하며 놀란 사람은 로미오였다. 서로 원수처럼 칼을 겨누고 있는 두 사람은 자신의 처남과 그리고 가장 절친한 친구였기 때문이다.

두 사람 중 누가 쓰러지든, 그에게는 모두 견딜 수 없는 일이었다.

로미오는 머리가 어지러워지는 것을 느끼며 머큐시오에게 제발 싸우지 말라고 사정했다. 하지만 두 사람의 칼은 허공에서 부딪치며 불꽃을 만들었다.

"이보게 벤볼리오, 칼을 빼서 저들의 칼을 떨어뜨리게. 제발 그만두게! 두 사람 다 그만둬!"

로미오가 있는 힘을 다해 외치고 말렸지만, 두 사람은 들은 척도 하지 않았다.

이미 손을 쓸 수 없는 상황이어서, 벤볼리오도 그냥 보고 있을 수밖에 없었다.

로미오는 하는 수 없이 맨손으로 두 사람 사이로 뛰어들었다. 아무 무기도 없이 맨손으로 뛰어드는 로미오를 보고 두 사람 다 놀라서 멈칫했다.

그런데 그 순간, 검술이 뛰어난 티볼트가 칼을 거두는 척하다가 로미오의 겨드랑이 밑으로 머큐시오를 깊게 찌르는 것이 아닌가.

"이런! 저 교활한 놈이!"

"뭐, 찔렸다고?"

"칼끝으로 살짝 긁혔다네. 아…그래도 깊은 상처야. 의사가 와야 될 정도지. 뭐 하고 있는 거야? 어서 가서 의사 선생을 모셔와!"

머큐시오의 가슴에서 붉은 피가 쏟아지기 시작하자, 구경꾼들이 웅성거리기 시작했다.

"흥, 그만 돌아가자!"

머큐시오가 쓰러지는 것을 보고, 티볼트는 하인들을 재촉하여 광장을 떠났다.

로미오는 쓰러진 머큐시오를 황급히 끌어안았다.

"오, 머큐시오! 내 친구 머큐시오!"

머큐시오의 가슴에서 뜨거운 피가 계속해서 흘러내렸다.

"상처는 그리 대단치 않아, 머큐시오! 정신 차려!"

로미오는 목쉰 소리로 말하며 머큐시오를 꼭 끌어안았다.

조금 전까지 그의 마음을 가득 채우고 있던 행복감이 어느 순간부터인지 멀리멀리 사라져 버렸다.

"상처가 대단치 않다고? 난 이제 죽는 거야. 내가 무엇 때문에 너희 집안싸움에 말려들어 죽어야 하지? 망할 캐플렛과 몬테규!"

"이 정도 상처로 죽진 않을 거야. 기운을 내게, 머큐시오."

"그래, 할퀸 정도의 상처지. 그렇지만 내 목숨을 끊기엔 충분한 상처야. 하지만 티볼트 놈은 상처 하나 입지 않고 도망을……."

머큐시오의 목소리는 점점 희미해져 갔다.

로미오는 사랑하는 친구의 체온이 점점 식어가는 것을 느끼며 하늘이 무너지는 슬픔을 느꼈다.

"로미오! 이제 우리 무덤에서나 만날 수 있을 거네. 그런데 자네는 어쩌자고 뛰어들었나? 자네만 뛰어들지 않았어도 이런 꼴은 되지 않았을 텐데……."

"머큐시오, 난 말리려고 했을 뿐이야. 두 사람의 싸움을 말린다는 것이 그만……. 그 비겁한 놈이……."

"괜찮네, 로미오. 난 자네를 원망하지 않아. 이봐, 벤볼리오. 어디 근처의 집으로 날 좀 데려다 줘. 금방이라도 기절할 것 같

아. 어지러워!"

벤볼리오가 머큐시오를 부축해서 마차에 태웠다. 마차는 머큐시오를 태우고 달려갔고, 광장에 남은 로미오는 슬픔에 잠긴 목소리로 외쳤다.

"오, 내가 나의 친구를 상처 입게 하다니! 이제 나는 어찌 해야 한단 말인가!"

하지만 로미오의 절규가 채 끝나기도 전에, 머큐시오를 싣고 갔던 마차가 다시 로미오에게 달려왔다.

"로미오, 머큐시오가 죽었다네! 용감한 머큐시오! 그의 늠름한 영혼이 너무나 어이없는 일로 이 세상을 떠나고 말았다네."

벤볼리오의 말에 로미오는 앞이 캄캄해지는 것을 느끼며 광장 바닥에 쓰러졌다.

"머큐시오가 죽었다고? 이렇게 어이없이 사람이 죽다니! 오늘의 불행은 두고두고 화근이 될 거야. 이것은 재앙의 시작, 훗날 어떤 일이 벌어질지 몰라."

로미오의 예감은 바로 맞아떨어졌다.

구경꾼의 눈을 피해 일단 자리를 옮겼던 티볼트였지만, 아무리 생각해도 로미오가 마음에 걸렸다. 그는 하인들을 쫓아 버린 다음 혼자서 광장으로 달려왔다.

"저기 피에 굶주린 놈이 다시 돌아오고 있네."

벤볼리오는 되돌아오는 티볼트를 보고 진저리가 난다는 듯 몸을 부르르 떨었다. 하지만 이미 티볼트는 로미오의 눈앞에 와 있었다.

티볼트의 잔인한 얼굴을 보자, 로미오는 더 이상 치밀어 오르는 분노를 참을 수가 없었다.

"이놈, 머큐시오를 죽이고도 모자라서 기고만장하여 다시 돌아오느냐? 머큐시오는 네 칼에 죽었다. 그리고 넌 아까 내게 참을 수 없는 모욕을 안겨주었지. 자, 나는 이제 머큐시오의 죽음을 네게 되돌려줄 것이다. 머큐시오의 혼이 우리들 머리 위에서 기다리고 있다. 너 아니면 내가, 혹은 둘 다 그를 따라가야 할 것이다!"

로미오는 다정하고 친절했던 친구 머큐시오를 생각하며 소리쳤다.

하지만 티볼트는 아무렇지도 않다는 듯 입가에 차가운 미소를 띤 채 잔인하게 말했다.

"불쌍한 녀석! 살아서도 네놈이 그놈과 한패였으니, 저승길도 같이 보내주마!"

"그것은 이 칼이 정할 문제다!"

"로미오!"

벤볼리오는 그들을 말려야겠다고 생각했지만, 그들의 싸움은 이미 불이 붙은 상태였다. 칼과 칼이 부딪치면서 요란한 소리를 냈다.

어느덧 몰려온 군중들은 숨을 죽인 채 그들의 싸움을 지켜보았다.

"아니, 저럴 수가!"

멍하니 싸움을 바라볼 수밖에 없었던 벤볼리오는 깜짝 놀랐다. 로미오의 칼이 점차 티볼트를 위협하고 있었기 때문이다.

베로나 제일의 무사인 티볼트는 점차 파고드는 로미오의 빠른 칼을 받아내느라 안간힘을 쓰고 있었다. 로미오가 칼솜씨를 유감없이 발휘하고 있었던 것이다.

로미오의 칼이 일직선으로 쭉 뻗는 순간, 티볼트가 가슴에서 피를 토하며 쓰러졌다.

"로미오가 이겼다!"

티볼트가 쓰러짐과 동시에 군중들이 소리쳤다.

벤볼리오는 아직도 칼을 들고 서 있는 로미오에게 재빨리 달려가 속삭였다.

"이봐, 로미오. 어서 피해!"

"피하다니?"

"티볼트가 죽었다네. 멍하니 서 있지만 말고 어서 피해. 체포되면 영주는 자네를 사형에 처하고 말 거야. 어서 피해!"

벤볼리오의 말을 듣고 나서야 로미오는 쓰러진 티볼트를 내려다보았다.

순간 줄리엣의 얼굴이 떠올랐다. 정말 기가 막힌 일이었다.

"아! 이게 도대체 무슨 운명의 장난이란 말인가!"

"뭘 꾸물거리고 있어? 어서 피하라니까!"

로미오의 입에서 저절로 깊은 탄식이 흘러나왔지만 그대로 있을 수는 없었다.

벤볼리오의 독촉에 로미오는 무작정 뛰었다.

"영주님이시다!"

로미오가 막 골목길로 모습을 감추는 순간 누군가가 외쳤다.

베로나 성 쪽으로 통하는 길에서 마차 한 대가 황급히 달려오고 있었다. 영주는 티볼트가 자신의 친척인 머큐시오를 죽였다는 소식을 듣고 급히 달려오는 길이었다.

티볼트와 로미오가 싸운 사실을 전혀 몰랐던 영주는 죽은 티볼트를 보자 다시 한 번 놀랐다.

"대체 이 싸움을 시작한 게 누구냐?"

화가 단단히 난 에스컬러스 영주는 무서운 눈초리로 주위를 둘러보았고, 벤볼리오가 영주 앞으로 한 발 나서서 그동안의 일들을 이야기하기 시작했다.

"제가 처음부터 지켜보았습니다. 영주님, 이 불행한 싸움의 경위를 제가 다 말씀드리겠습니다. 여기 쓰러져 있는 티볼트를 죽인 자는 로미오입니다. 그리고 영주님의 친척인 용감한 머큐시오를 죽인 자는 바로 티볼트입니다. 로미오는 티볼트와 머큐시오의 싸움을 말리려 했지만, 티볼트가 머큐시오를 죽이고 말았습니다. 티볼트는 일단 달아났다가 금방 되돌아왔는데, 친구의 죽음을 목격한 로미오가 참지 못하고 복수심에 불타 칼을 빼들고 말았습니다."

그때, 몬테규 부부와 캐플렛 부부가 소식을 듣고 달려왔다.

쓰러져 있는 조카 티볼트를 본 캐플렛 부인이 울기 시작했다.

"티볼트! 내 조카, 가엾은 티볼트!"

소리 높여 울던 캐플렛 부인이 벤볼리오를 노려보며 말했다.

"영주님! 벤볼리오는 몬테규 집안의 사람입니다! 그 편을 두둔해서 허위 진술을 하고 있는 게 틀림없어요! 영주님, 부디 공정하게 판결해 주십시오. 티볼트는 죽었는데, 그를 죽인 로미오는 살아 있습니다! 살인자를 그대로 살려둘 수는 없습니다!"

"로미오는 티볼트를 죽였고, 티볼트는 머큐시오를 죽였소. 그럼 머큐시오의 값비싼 피의 대가는 누가 치른단 말이오?"

"영주님! 그건 로미오가 아닙니다. 로미오는 머큐시오의 친구였습니다. 이 일은 머큐시오가 죽음으로써 시작된 일이오니, 티볼트의 죽음 때문에 로미오가 처벌받는 것은 부당합니다. 로미오가 티볼트를 죽인 것은 잘못된 일이지만, 법이 할 일을 그가 대신한 것이니 부디 용서해 주시기 바랍니다."

몬테규가 머리를 조아린 채 영주의 눈치를 살피면서 말했다. 에스컬러스 영주는 잠시 두 집안의 사람들을 둘러보다가, 무겁게 입을 열었다.

"비록 법이 할 일을 대신했다고 하지만 사적인 보복으로 사람을 죽인 것은 죄가 될 수밖에 없으니, 로미오에게는 살인 죄명을 씌울 수밖에 없소. 그 죄로 로미오를 베로나에서 추방할 것을 명하오. 더 이상 변명 따위는 듣지 않겠소. 당장 로미오를 추방시키겠소. 만약 이 도시에 머무는 것이 발각되는 날이면, 그것이 마지막일 것이오."

몬테규는 무슨 말인가를 더 하고 싶었지만, 영주의 엄한 기세 때문에 아무 말도 하지 못했다. 그저 사형을 면한 것만으로도 다행이다 싶어 그만두었다.

### 운명의 장난

성당에서 돌아온 줄리엣은 행복한 마음으로 창가에 기대어 앉았다. 오늘 밤 로미오가 찾아올 것을 생각하니 벌써부터 가슴이 설레기만 했다. 그러나 밤이 될 때까지 기다리는 것이 너무나 지루했다.

드디어 기다리던 밤이 되었는데, 성급히 방문을 노크하며 유모가 뛰어 들어왔다.

"아가씨, 아가씨!"

유난히 떨리고 다급한 유모의 목소리에 줄리엣은 문득 불길한 생각이 들었다.

"아가씨, 이 일을 어쩌면 좋죠? 이 일을……?"

"유모, 무슨 일인지 어서 말을 해봐요! 애태우지 말고……."

떨리는 유모의 목소리보다 줄리엣의 목소리가 더 떨렸다.

"어떻게 이런 일이 일어났는지……. 그렇게 점잖은 분이 어떻게 이런 큰 일을……."

"그게 대체 무슨 말이에요? 로미오 님이 무슨 일을 저질렀는데요?"

"티볼트 님은 죽고, 로미오 님은 추방당했어요. 그 용감한 티볼트 님을 죽인 사람이 로미오 님이랍니다. 아! 로미오 님, 그렇게 될 줄 누가 상상이나 했겠어요? 로미오 님이 글쎄……."

유모의 말을 들은 줄리엣은 침대 위로 쓰러지고 말았다.

"로미오 님이 나의 사랑하는 오빠를? 그럴 리가……. 사랑하는 남편이 나의 오빠를 죽이다니……. 오, 하느님! 유모, 제발 아니라고 말해 줘요. 유모의 한마디로 내 인생의 행복과 불행이 결정될 거예요."

유모는 슬퍼하는 줄리엣을 꼭 끌어안으며 말했다.

"아가씨, 너무 슬퍼하지 마세요. 그분은 아직 베로나를 떠나지 않으셨습니다."

"로미오 님이 아직 베로나에 계신다고? 유모, 그게 정말이야?"

"네, 지금 로렌스 신부님의 성당에 숨어 계십니다."

"그래, 그곳이라면 안전할 거야. 유모, 당장 성당으로 가서 그이를 만나줘요! 그리고 그에게 내 반지를 드리고, 베로나를 떠나기 전에 꼭 마지막 작별 인사를 하러 오라고 전해 줘요. 기다리고 있겠다고!"

줄리엣은 황급히 손가락에서 금반지를 빼어 유모의 손에 건네주었고, 유모가 방을 나가자 흐느껴 울기 시작했다.

로미오는 로렌스 신부의 책장 뒤에 숨어 있었다.

'살인자는 이유 불문하고 무조건 사형이다. 사형! 생각만 해도 몸이 떨리는구나. 사랑하는 줄리엣을 두고 저 세상으로 가야 한다니······.'

로미오는 줄리엣을 그리워하며 자신이 저지른 행동을 후회하고 있었다.

"나오너라, 로미오!"

서재에서 로렌스 신부의 목소리가 들리자, 로미오가 책장 뒤에서 나왔다.

로렌스 신부는 영주의 판결을 알아보고 오는 길이었다.

"신부님, 무슨 소식이 있습니까? 아무리 무서운 소식이라도 숨기지 말고 말씀해 주세요."

먼지를 하얗게 뒤집어쓰고 있는 로미오를 측은하게 바라보며 신부님이 말했다.

"쯧쯧, 로미오. 영주님의 선고를 알아 왔다."

"영주님의 선고가 사형보다 가벼운 것은 아니겠죠?"

"사형은 면했지만, 결코 가벼운 벌은 아니다. 추방이다! 로미오, 너는 오늘 성문이 닫히기 전에 이 베로나를 떠나야 한다. 그러지 않고 있다가 발각되면 즉시 사형이다. 이것이 영주님의 판결이야."

"뭐라고요, 추방? 이대로 떠나야 한단 말입니까? 줄리엣도 만나지 못하고요?"

로미오가 절규하듯 외치자, 신부는 어쩔 수 없다는 듯이 말했다.

"할 수 없는 노릇 아니냐. 고집 피우지 말고 네 죄가 가벼워질 때까지 기다리고 있어라."

"그냥 이대로 베로나를 떠나란 말입니까? 추방은 사형보다도 훨씬 더 무서우니, 추방이라고는 말하지 말아 주세요."

"로미오! 그렇게 죄가 될 소리를 함부로 하다니! 넌 어째서 하나만 알고 둘은 모르느냐?"

그때, 밖에서 노크하는 소리가 들려왔다.

"로미오, 빨리 숨어라!"

신부는 황급히 로미오를 책장 뒤로 밀어 넣었다. 그리고 책을 펴고 의자에 앉았다.

"누구십니까?"

"줄리엣 아가씨의 심부름으로 왔습니다."

다급한 유모의 목소리가 들리자, 마음을 놓은 신부는 얼른 문을 열었다.

서재에 들어선 유모는 방 안을 한 바퀴 훑어보았다.

"신부님, 우리 로미오 님은 어디 계신가요?"

"여기 있소! 유모!"

숨어 있던 책장 뒤에서 로미오가 모습을 드러냈다. 그는 유모를 보는 순간, 마치 줄리엣을 만난 것처럼 반가워하며 눈물을 글썽였다.

"아이고, 우리 아가씨와 꼭 같아요."

"유모, 줄리엣도 나처럼 울고 있소? 줄리엣이 나를 원망하지 않던가요? 오빠를 죽인 잔인한 살인자인 나를……. 우리들의 망가진 사랑을 뭐라고 말하던가요? 유모, 말해 주오."

"아가씨는 아무 말도 하지 않고 울고만 있어요. 로미오 님과 티볼트 님의 이름을 번갈아 부르시면서 그저 울고만 계신답니다."

"아아, 가엾은 줄리엣!"

유모는 서둘러서 줄리엣의 반지를 꺼내 로미오에게 끼워주며 말했다.

"아가씨가 드리는 반지입니다. 베로나를 떠나시기 전에 마지막 작별 인사를 하러 꼭 오시라고 당부하셨어요. 제가 줄사다리를 2층에 걸어놓을 테니 꼭 오셔야 해요."

반지를 전해 받은 로미오의 마음은 한결 밝아졌다.

"꼭 가지요. 그리고 날 꾸짖을 준비도 하고 계시라고 전해 주오."

"벌써 해가 졌군요. 금방 어두워질 테니 한시라도 빨리 후원으로 오세요."

용건을 마친 유모는 빠른 걸음으로 서재를 빠져 나갔다.

"힘을 내거라, 로미오. 하지만 줄리엣을 만나러 가더라도 오래 머물면 안 된다. 잊지 말거라! 성문이 닫히기 전에 빠져나가 만토바로 떠나야 한다. 네가 거기 있는 동안 내가 힘써 보겠다.

영주님께 간청을 드려 네 죄를 가볍게 한 후, 너희들의 결혼을 양가에 알리마. 그리고 두 집안이 화해할 수 있도록 노력해 보겠다. 네 하인을 불러 여기서 일어나는 소식들을 일일이 전할 테니, 부디 그날까지 참고 또 참으며 기다리도록 해라. 밤이 깊었구나. 그럼 잘 가라. 조심하고……."

신부의 따뜻한 말을 듣고 난 로미오의 얼굴에 한 줄기 희망의 빛이 어리는 듯했다.

### 추방당한 로미오

슬픔이 내려앉은 캐플렛 집안에 방문객이 찾아왔다.

"어서 오시오, 백작!"

멋쟁이 파리스 백작이었다. 캐플렛과 부인은 그를 반갑게 맞이했다.

"따님과의 결혼 문제 때문에 찾아뵈었습니다. 하루하루 기다리는 것이 너무 애가 탑니다. 빨리 결정을 내려주십시오."

파리스 백작은 응접실 소파에 앉기가 무섭게 재촉했다. 그는 줄리엣에게서 답변이 오기를 기다리다가 지쳐서 직접 캐플렛 가를 방문한 것이다.

"아시다시피 줄리엣은 깊은 슬픔에 잠겨 있답니다. 도무지 말을 붙여볼 수가 없더군요."

"아, 그렇겠군요. 그런 불행한 일을 당하셔서 얼마나 슬프십니까? 하긴…이렇게 불행한 시기엔 청혼을 하는 게 아니지요. 그럼 안녕히 계십시오. 따님께도 안부 전해 주시고요……."

하는 수 없다는 듯 인사를 하고 돌아서는 파리스 백작의 뒷모습이 무척이나 처량해 보였다. 그래서인지 캐플렛이 그를 다시 불러 세웠다.

"백작, 이리 와 앉으십시오."

"네?"

"기왕 이렇게 오셨으니 이 자리에서 모든 것을 결정합시다. 내 결심했소. 딸애의 사랑을 드리리다. 줄리엣도 이 아버지의 말을 거역하지는 않을 겁니다."

남편의 갑작스런 결심에 캐플렛 부인은 어리둥절해 하면서 그를 쳐다보았고, 파리스 백작의 얼굴에는 빙그레 미소가 떠올랐다.

"이번 수요일에 아예 결혼식을 올리는 게 어떻겠소? 가만 있자, 오늘이 무슨 요일이더라?"

캐플렛이 부인과 파리스 백작을 번갈아 쳐다보며 묻자, 두 사람의 눈이 동그랗게 커졌다.

"월요일입니다."

"월요일이라고? 그럼 수요일은 너무 급하군. 아, 그렇게 되면 준비할 시간이 없겠어. 그럼 목요일로 정하지. 돌아오는 목요일에 결혼식을 올립시다. 어떻소, 백작?"

"저는 내일 당장이라도 괜찮습니다만……."

파리스 백작은 일이 너무 급하게 진행되자 오히려 걱정이 되는 듯했다.

"줄리엣은 내가 책임질 테니까 아무 염려 마시오. 부인, 백작께서도 목요일에 결혼하는 것에 찬성하셨소. 줄리엣에게 이렇게 얘기하시오. 목요일에 파리스 백작과 결혼식을 올려야 한다고 말이오."

캐플렛은 혼자 신이 나서 떠들어댔다.

"파리스 백작 집안의 준비는 어떻습니까? 이렇게 서둘러도 괜찮으신지요? 결혼식은 간단하게 하는 것이 좋겠소, 백작. 티볼트가 죽은 지 얼마 안 되는데, 너무 성대한 결혼식을 올리면 사람들이 비난하지 않겠소? 가까운 친구나 친척 몇 명 정도만 부르도록 합시다."

"좋습니다. 모든 것을 캐플렛 공의 뜻에 맡기겠습니다."

"좋소! 그럼 안녕히 가시오. 목요일로 정합시다. 어서 가서 푹 쉬시오."

파리스 백작은 싱글벙글하면서 처음보다 더 정중하게 인사를 하고 나갔다.

"여보! 줄리엣 얘기는 들어보지도 않고 어떻게 그럴 수가 있어요?"

파리스 백작이 나가자, 부인이 참았던 말을 꺼냈다.

"줄리엣은 내가 책임질 테니, 당신은 목요일에 결혼식이 있을 거라고만 이야기하면 되오."

"너무 빠른 것 아닌가요?"

"어차피 할 결혼 아니오? 하지만 오늘 밤은 때가 아니니 내일 아침에 얘기하구려. 우리도 슬픔일랑 모두 잊고, 이만 자도록 합시다."

두 사람은 침실로 가기 위해 불을 끈 다음 응접실 밖으로 나갔다.

그때 로미오는 사람들의 눈을 피해 줄사다리를 타고 불 꺼진 줄리엣의 방으로 올라가고 있었다.

줄리엣의 방 창문은 로미오를 맞이하기 위해 활짝 열려 있었고, 로미오가 창틀을 밟고 살짝 방안으로 내려서자 줄리엣이 눈물 고인 미소를 지으며 외쳤다.

"로미오 님!"

"오, 줄리엣!"

줄리엣이 눈물을 흘리며 로미오의 품에 안기자, 로미오가 다정하게 속삭였다.

두 사람의 눈에서는 뜨거운 눈물이 흘러내렸다. 아침 해가 밝으면 언제 만날지 알 수 없는 긴 이별을 해야 했기 때문에 안타까운 마음을 끌어안고서…….

시간은 두 사람의 마음도 모르는 채 빨리 흘러가 버렸다.

어느덧 동녘 하늘이 훤해질 무렵, 로미오가 침대에서 몸을 일으켰다.

"로미오 님, 벌써 가시려고요? 꼭 가셔야만 하나요?"

"줄리엣, 이것이 우리의 운명이오. 로렌스 신부님의 말씀처럼 앞날을 위해 이별의 아픔을 견뎌냅시다."

"조금만 더 있다 가세요."

"실은 어젯밤 성문이 닫히기 전에 떠났어야 했소. 나도 가기 싫소. 하지만 길은 두 가지뿐이라오. 이곳을 떠나 내 목숨을 건지든지, 머물러 있다가 잡혀서 사형을 당하든지."

"그럴 수 없어요! 당신이 죽다니요! 어서 떠나세요. 어서 만토바로 떠나세요!"

조금이라도 더 같이 있고 싶은 마음은 로미오와 줄리엣이 똑같았다.

"줄리엣, 날이 새려면 아직 시간이 있으니 집안사람들이 깨어나기 전까지 얘기나 더 나눕시다. 당신과 함께라면 아무것도 두렵지 않소."

로미오가 다시 침대에 눕자, 줄리엣은 덜컥 겁이 났다.

"아니에요, 로미오 님. 날이 벌써 밝았어요! 잡히기 전에 어서 가세요!"

"아가씨!"

그때 당황한 유모의 목소리가 문 두드리는 소리와 함께 들려왔다.

"왜 그래, 유모?"

"아가씨! 아가씨! 서두르세요! 지금 마님께서 방으로 올라오십니다."

"어머니께서? 이 시간에 왜?"

"글쎄, 잘 모르겠어요."

로미오는 재빠르게 옷을 챙겨 입고 창틀 위로 올라갔다.

"안녕! 제발 몸조심하세요!"

커다란 눈에 눈물이 가득 고인 줄리엣은 목이 메어 더 이상 말을 이을 수가 없었다.

"안녕, 줄리엣, 기회가 있을 때마다 소식을 전하겠소."

"우리가 다시, 또다시 만날 수 있을까요?"

"물론이지! 그리고 지금의 슬픔은 이 다음에 만나면 모두 아름다운 추억으로 남을 것이오."

로미오는 재빨리 줄사다리를 타고 아래로 내려갔다.

줄리엣은 손을 흔들며 로미오를 바라보았지만 눈물이 앞을 가려 그 모습마저 흐릿해졌다.

사다리를 다 내려간 로미오는 뒤돌아서서 줄리엣에게 손을 흔들었다.

"줄리엣, 일어났니?"

어머니의 밝은 목소리가 문 밖에서 들려오자, 줄리엣은 눈물을 닦으며 문을 열었다.

"아니, 너 또 울었구나? 얼굴이 이렇게나 헬쑥해지다니……."

캐플렛 부인은 손수건으로 줄리엣의 눈물을 닦아주었다.

"줄리엣, 그만 슬퍼하거라. 네가 아무리 슬퍼한다고 해도 죽은 티볼트가 다시 살아날 수는 없는 일 아니냐?"

부인은 줄리엣이 슬퍼하는 이유가 오빠 티볼트의 죽음 때문이라고 생각했다.

하지만 어머니에게조차 괴로움을 털어놓지 못하는 운명에 더욱더 슬퍼진 줄리엣은 또다시 울음을 터트리고 말았다.

"이제 그만 울어라. 눈물이 흘러 강을 이룬다 해도, 그 사람이 살아오는 것은 아니잖니?"

"슬픔을 견딜 수가 없으니, 이렇게 울 수밖에요."

줄리엣은 자신의 아픈 마음을 이렇게 표현할 수밖에 없었다.

"슬픔을 기쁨으로 이겨낼 수 있도록, 기쁜 소식을 가져왔단다."

"아무리 기쁜 소식이어도 저를 이 슬픔에서 건져주지는 못할 거예요."

"줄리엣, 너는 오빠의 죽음보다도 오빠를 죽인 불한당 로미오가 멀쩡하게 살아 있는 것이 분해서 우는 거로구나!"

'오, 어머니. 그런 것이 아니라…….'

아무 말도 할 수 없는 줄리엣은 더욱 크게 울부짖었다. 자신이 사랑하는 어머니의 입에서 로미오를 원망하는 소리를 들으니, 설움이 복받쳐 눈물을 참을 수가 없었던 것이다.

"애야, 그만 진정하거라. 기어코 원수를 갚고야 말 테니까. 로미오는 추방당하여 만토바에 있을 거다. 만토바까지는 그리 먼 길이 아니란다. 사람을 보내 놈에게 독약을 먹여서라도 그놈을 티볼트 곁으로 보낼 것이다. 이제 그만 눈물을 거두어라."

"네?"

줄리엣이 깜짝 놀라 고개를 들었다.

"꼭 그렇게 하고 말 테니, 그 걱정은 아예 말아라."

줄리엣은 가슴이 무너져 내리는 것 같았지만 애써 태연한 척 말했다.

"그이가 죽는 것을 볼 때까진 저는 만족하지 않을 거예요. 어머니, 누구든 독약을 가지고 갈 사람만 구해 주세요. 그러면 로미오가 마시자마자 잠들어 버릴 독약을 제가 만들겠어요."

'어떻게 해서든지 막아야 해. 무슨 수를 써서라도. 막는 길은 단 하나! 그 독약을 직접 내 손으로 만들면 되는 거야. 독약이 아닌 것을 마치 독약인 것처럼!'

"그러려무나. 사람을 구하면 곧 너에게 알려주마."

"어머니, 정말이죠?"

"그래, 약속하지. 그건 그렇고, 네가 무척 기뻐할 소식이 있구나."

"뭔데요? 좋은 소식이라뇨? 이렇게 슬픈 때에 좋은 소식이라니……. 빨리 말씀해 주세요."

상황이 이렇게 되어 버리자, 줄리엣은 명랑하게 대답할 수밖에 없었다.

"이번 주 목요일, 그날이 바로 네 결혼식 날이란다. 아버지께서 생각이 깊기도 하시지. 파리스 백작과 언약하셨단다. 돌아오는 목요일 아침 일찍, 저 늠름하고 점잖은 파리스 백작이 너를 신부로 맞아들이기로 했단다."

순간, 줄리엣의 얼굴이 창백해지며 핏기를 잃었다.

"줄리엣, 네가 기뻐하는 것을 보니 나도 더할 수 없이 기쁘구나."

어머니는 줄리엣의 창백한 얼굴이 너무 기뻐서 놀란 탓이라고 생각했던 것이다.

"어떻게 제게 한마디 말씀도 없이……. 저는 그분과는 절대로 결혼하지 않겠어요. 그분과는 단 한마디도 얘기해 본 적이 없는데, 결혼이라니 말도 안 돼요!"

캐플렛 부인은 줄리엣이 이렇게 강하게 반발하자, 어떻게 달래야 할지 몰라서 멍하니 바라보고만 있었다.

그 순간, 아래층에서 층계를 바삐 올라오는 소리가 들렸다. 곧 이어 노크도 없이 문이 활짝 열리고, 캐플렛과 유모가 줄리엣의 방 안으로 들어왔다.

"줄리엣, 무슨 일이냐? 어머니한테 기쁜 소식은 들었겠지?"

"아버지, 전 그분과 결혼할 수 없습니다. 절대로요!"

"뭐, 뭐라고? 너, 지금 무슨 말을 하는 거냐?"

"아버지! 저는 제 진심을 말씀드렸을 뿐이에요. 이렇게 무릎 꿇고 빌겠어요."

줄리엣은 눈물을 흘리며 캐플렛에게 애원했다.

"네가 정 싫다면 끌고서라도 갈 테니, 그리 알고 있어! 너 같은 걸 딸이라고 이제껏 키웠다니! 나가 버려!"

파리스에게 이미 큰소리를 쳤는데 줄리엣이 그 뜻을 따라주지 않자, 캐플렛은 화가 머리끝까지 나서 마구 욕설을 퍼부었다.

"아버지, 제 말씀 좀 들어보세요."

"듣기 싫다! 둘 중에 하나를 택해라! 분명히 말해 두지만, 목요일에 식을 올리든지 아니면 다시는 내 눈앞에 나타나지 말아라!"

"여보, 진정하세요!"

부인이 그를 진정시키려 했지만, 캐플렛은 좀처럼 화를 가라앉히지 못했다.

"가문 좋고, 재산 많고, 교양 있고, 사람들 말마따나 지덕을 겸비한 나무랄 데 없는 훤칠한 청년을 신랑으로 골라주니까, 분에 넘치는 줄도 모르는구나. 정말 알 수가 없다. 네가 정 시집을 가지 않겠다면 억지로 보내진 않겠다. 정 하기 싫으면 하는 수 없지. 그렇지만 이 집에서 같이 살 생각은 말아라. 네 맘대로 나가서 살아라! 허튼소리가 아니니까 잘 생각해 봐. 목요일은 금방이다, 알겠느냐?"

캐플렛은 끝내 화를 가라앉히지 못한 채 이렇게 내뱉고 방을 나갔다.

줄리엣은 울면서 침대에 쓰러졌다. 부모님을 거역하는 일도 괴로운 일이었지만, 파리스 백작과 결혼한다는 것은 더욱더 있을 수 없는 일이었다.

"어머니, 제발……. 이 결혼을 한 달만이라도, 아니 일주일만이라도 미뤄주세요."

"네 마음대로 하려무나. 줄리엣, 파리스 백작이 얼마나 멋진 결혼 상대냐? 끝내 네 생각을 바꿀 수 없다면, 내 입장도 아버지와 마찬가지다. 너와는 더 이상 볼일이 없다."

캐플렛 부인도 지쳤다는 듯이 쌀쌀맞게 한마디를 하고는 나가 버렸다.

어머니까지 화를 내고 나가 버리자 줄리엣은 더 크게 절망했다. 어떻게 하면 좋을지를 생각하던 줄리엣은 로미오와 자신을 맺어준 로렌스 신부를 떠올렸다.

"유모! 얼른 아래층으로 내려가서 부모님께 전해 줘요. 잠시나마 불효한 것을 후회하고 있다고……. 그러니 지금 곧 로렌스 신부님께 참회하러 간다고 말씀드려 줘요."

"역시 우리 아가씨는 착하기도 하시지! 잘 생각했어요. 마님께서 이 말씀을 들으시면 얼마나 기뻐하실까?"

줄리엣의 말을 그대로 믿은 유모는 신이 나서 방을 나갔다.

## 신부님의 계획

줄리엣이 눈물로 얼룩진 얼굴로 로렌스 신부를 찾아가고 있을 무렵, 파리스 백작은 기쁨에 가득 찬 얼굴로 로렌스 신부와 이야기를 나누고 있었다.

"목요일이라고 하셨지요? 매우 촉박하군요."

"네, 사정이 그렇게 되었습니다. 서두른 건 내가 아니라, 신부 쪽이죠."

로렌스 신부의 얼굴은 평소와는 달리 몹시 어두웠다.

"그런데 신부 될 분의 마음은 알 수 없다고 하셨지요? 제 생각에는 신부의 뜻을 알아보고 결혼식을 올리는 게 도리일 것 같습니다."

"그녀는 지금 사촌 오빠인 티볼트의 죽음 때문에 너무도 슬퍼하고 있습니다. 어른께서 결혼식을 서두르는 이유도 바로 그 때문이지요. 줄리엣의 눈물을 막아보자는 뜻에서……."

누구보다도 줄리엣의 슬픔을 잘 이해할 수 있었던 로렌스 신부는 줄리엣이 걱정되어 견딜 수가 없었다.

"그럼 잘 부탁드리겠습니다. 신부님, 목요일입니다."

파리스 백작이 신신당부하며 일어섰다.

두 사람이 성당 모퉁이를 돌았을 때, 줄리엣이 이쪽을 향해 바삐 걸어오고 있었다. 그녀는 하룻밤을 꼬박 새워 얼굴이 핼쑥했지만, 아름다움은 오히려 더욱 빛이 났다.

"아, 저기 줄리엣이 오고 있군요."

줄리엣을 발견한 로렌스 신부의 말에, 파리스 백작이 황홀한 듯 함박웃음을 지으며 그녀를 바라보았다.

하지만 줄리엣은 파리스 백작은 본 척도 하지 않고, 로렌스 신부에게만 인사를 했다.

줄리엣의 인사를 기다리던 파리스 백작이 먼저 입을 열었다.

"아, 줄리엣. 나의 사랑스러운 아내! 마침 잘 만났소."

그러자 줄리엣이 차가운 눈길로 백작을 쏘아보았다.

"당신의 아내라고요? 제가 다른 사람의 아내가 된다고 해도 그렇게 부르실 건가요?"

"천만의 말씀! 오는 목요일이면 당신은 나의 아내가 될 것이오."

"된다면, 그렇게 되겠지요."

"허, 그거 참 명답이로군."

옆에서 조용히 듣고만 있던 로렌스 신부가 줄리엣의 당찬 대답에 한마디 거들었다.

"신부님께 참회하러 오셨지요?"

"그 말은 신부님만이 물으실 수 있습니다."

파리스 백작이 조심스럽게 물었지만, 줄리엣은 더 이상 이야기하고 싶지 않다는 듯 매몰차게 쏘아붙이고는 고개를 돌려 로렌스 신부를 바라보았다.

"신부님, 지금 시간 있으세요? 조용히 드릴 말씀이 있어서 왔어요. 지금 바쁘시다면 저녁 미사 때에 다시 찾아뵐까요?"

"마침 시간이 괜찮군. 백작님, 우리들은 여기서 실례하겠습니다."

"죄송합니다. 제가 신부님의 일을 방해했군요. 그럼 전 돌아가겠습니다. 줄리엣 양, 목요일엔 아침 일찍 깨우러 가리다. 그럼 그때까지 안녕히."

신부는 파리스 백작에게 작별 인사를 한 다음 줄리엣과 함께 서재로 들어갔다.

서재로 들어가자마자 줄리엣은 눈물을 참지 못하고 쏟아 냈다.

"신부님, 이런 모습을 보여드려서 죄송해요. 그러나 울지 않고는 견딜 수가 없어요."

"너무 낙심하지 마라, 줄리엣. 네 슬픔은 나도 잘 알고 있다. 하지만 나도 어쩔 수가 없구나. 오는 목요일에 있을 결혼식을 연기할 방법이 없으니……."

"신부님, 그 일을 막아낼 방법을 가르쳐주시지 못하겠다면 제 결심은 하나뿐입니다. 이 모든 고통을 잊을 수 있는 곳으로 가겠어요. 신부님의 지혜로도 해결되지 않는 어려움이라면 할 수 없군요. 제일 가슴 아픈 것은 로미오 님을 뵙지 못하고 떠나야 한다는 것뿐이에요."

"줄리엣, 스스로 목숨을 끊겠단 말이냐?"

로렌스 신부가 당황하며 물었다.

"다른 방법이 없으니까요. 아무도 제 죽음을 방해하지 못할 거예요."

"네 심정은 이해하지만, 함부로 목숨을 끊는다는 건 하느님을 배반하는 행위다. 소중한 생명을 자기 마음대로 끊는 게 얼마나 큰 죄인 줄 모른단 말이냐?"

"파리스 백작과 결혼하느니, 차라리 죽어서 지옥에 가는 편이 더 나을 것 같아요."

로렌스 신부가 아무리 달래고 설득해 보았지만, 줄리엣의 단호한 결심은 흔들리지 않았다.

신부는 깊은 생각에 잠겼다.

또한 단단히 각오한 줄리엣은 더 이상 눈물도 흘리지 않았으며, 눈동자는 도리어 무섭게 빛나고 있었다.

"전 이만 돌아가겠어요, 신부님. 안녕히 계세요!"

줄리엣은 차분한 목소리로 신부에게 인사하고는 조용히 자리에서 일어났다.

"줄리엣, 이리 좀 오너라!"

미처 대꾸할 틈도 없이 줄리엣이 일어나자, 당황한 신부가 재빨리 줄리엣을 불렀다.

줄리엣이 다가오자, 신부는 그녀를 의자에 앉히고는 진지한 목소리로 말을 꺼냈다.

"네 결심이 그 정도까지라면……. 그 마음이라면 좋다. 네가 그만한 용기를 가졌다면 방법을 말해 주겠다."

순간, 줄리엣의 눈이 반짝 빛났다.

"방법을 가르쳐주신다면, 전 무슨 일이든지 할 각오가 되어 있어요. 이제는 두려울 게 없어요."

"이건 굉장히 어려운 일일 뿐더러 대단한 용기가 필요하단다. 또한 하느님을 의지하는 믿음이 있어야 한단다. 결코 자살보다 쉬운 일이 아니라는 걸 알아야 한다."

줄리엣은 신부의 옷소매에 매달리며 애원했다.

"신부님, 전 뭐든지 다 할 수 있어요. 파리스 백작과 결혼하여 지옥의 고통을 당하는 일만 아니라면, 무슨 일인들 못하겠느냐고요!"

"그럼 내 말대로 하여라. 우선 집에 돌아가서 밝은 얼굴로 파리스 백작과 결혼하겠다고 부모님께 말씀드려라. 내일은 수요일, 내일 밤에는 유모와 같이 자지 말고 반드시 혼자 자야 한

다."

 신부는 책상 서랍 속에서 조그만 약병을 꺼내 줄리엣에게 건네주었다.

 "잠자리에 들기 전에 이 약을 단숨에 마셔라. 그러면 마시자마자 졸음이 몰려올 게다. 네 몸을 흐르던 피는 차갑게 식어가고, 평소 뛰던 맥박은 멈출 것이다. 아무도 너를 산 사람으로 여기지 않을 것이다. 너는 그런 상태로 42시간 동안 잠들어 있다가, 상쾌한 잠에서 깨어나듯 눈을 뜨게 될 것이다. 하지만 결혼식 날 아침, 결혼식장으로 데려가기 위해 신랑이 왔을 때 그는 네 싸늘한 시체를 보게 될 것이다. 그리고 너는 관습에 따라 뚜껑이 없는 관 속에 뉘어진 채 조상들이 묻혀 있는 가족묘지로 가게 될 것이다.

 그동안 나는 로미오에게 편지를 써서 우리의 계획을 알려야겠지. 네가 깨어날 시간에 맞추어 이곳으로 오게 한 뒤, 나와 둘이서 네가 깨어나는 것을 지켜볼 것이다. 그러고 나서 너와 로미오를 만토바로 떠나보낼 것이다.

 훗날 양가의 부모가 모든 것을 이해할 때까지 거기서 행복하게 살거라. 이게 내 생각이다."

 "신부님!"

 귀를 쫑긋 세운 채 신부의 말을 듣고 있던 줄리엣의 마음에 어느덧 기쁨이 차 오르기 시작했다.

"실행할 용기가 있느냐? 결심을 단단히 해야 해. 주저하면 안 된다."

"신부님, 용기는 얼마든지 있습니다. 어서 그 약을 주세요! 변덕이나 불안 따위는 없어요."

로렌스 신부는 약병을 줄리엣에게 건네주었고, 그녀의 어깨 위에 손을 얹었다.

"용기를 가져라. 결심을 단단히 해야 해. 좋다! 나는 곧 사람을 급히 만토바로 보내서 로미오에게 편지를 전하겠다. 어서 돌아가서 부모님을 위로해 드려라."

"그럼 안녕히……."

줄리엣은 신부에게 공손히 인사한 후 집으로 돌아갔다.

## 결혼식 날

캐플렛은 줄리엣의 생각 따위는 아랑곳하지 않고 결혼식 준비로 한창 바빴다.

온 집안을 말끔하게 단장한 다음, 결혼식에 초대할 사람들의 명단을 하인들에게 적어주며 결혼식을 알리게 했다.

그렇게 한참을 바쁘게 준비하다가, 줄리엣을 생각하고 투덜거렸다.

"쯧쯧, 하나밖에 없는 딸이 이렇게 속을 썩일 줄이야! 그런데 얘는 왜 여태 안 돌아오지? 로렌스 신부님께 간 게 확실하냐?"

그때 창밖을 보고 있던 유모가 줄리엣을 발견했다.

"저것 보세요! 아가씨가 참회를 마치고 밝은 얼굴로 돌아오고 계세요. 마음을 돌리신 게 분명해요."

"정말 슬픔이 깨끗이 사라진 얼굴이에요."

줄리엣의 환한 얼굴을 본 캐플렛 부인도 그제야 마음이 놓이는 듯 기뻐했다.

"어쩐 일이냐, 고집쟁이가? 어딜 헤매다 돌아오는 거야?"

줄리엣은 아버지에게 다가가 공손히 인사를 했다.

"아버지의 말씀에 따르지 않겠다고 떼를 써서 마음 아프게 해드린 점 죄송해요. 그 죄를 뉘우치고 이렇게 엎드려서 용서를 빌라고 신부님께 분부 받고 왔어요. 앞으로는 순종하겠으니, 제 잘못을 부디 너그럽게 용서해 주세요."

줄리엣이 무릎을 꿇고 용서를 빌자, 캐플렛의 노여움도 일순간에 사라졌다.

"오, 이렇게 기쁠 수가! 암, 그래야지. 착한 내 딸아!"

캐플렛은 줄리엣의 머리를 쓰다듬으며 큰 소리로 외쳤다.

"여봐라, 얼른 가서 백작에게 줄리엣이 결혼을 승낙했다고 전하거라! 아니, 다들 밖으로 나갔나? 내가 직접 파리스 백작에게 가서 내일 일을 준비해 놓으라고 시켜야겠군. 허허! 정말이지, 우리 마을의 모든 사람들은 거룩한 로렌스 신부님의 덕을 너무나 많이 보고 있다니까……."

캐플렛 집안은 그 다음 날인 수요일까지도 결혼식 준비로 떠들썩했다. 부인과 유모는 하루 종일 줄리엣의 방에서 옷들을 챙기며 수다 떨기에 바빴다.

줄리엣은 되도록 부모님을 안심시키기 위해 최대한 밝은 표정을 짓고 있었다.

그리고 드디어 수요일 밤의 어둠이 깔리기 시작하자, 줄리엣의 가슴이 쿵쿵 뛰기 시작했다.

부인은 줄리엣의 잠자리를 마지막으로 봐준 뒤, 사랑스러운 딸의 머리를 쓰다듬어 주었다.

"줄리엣, 잘 자거라. 자리에 누워서 포근히 쉬어라. 내일은 네 일생 중 가장 중요한 날이 될 테니, 푹 자도록 해라."

'안녕히! 언제나 또다시 만날는지…….'

줄리엣은 어머니의 뒷모습을 한동안 지켜보며 마음속으로 인사를 드렸다.

지금 헤어지면 언제 만나게 될지 기약할 수 없을 뿐 아니라,

어쩌면 이 약을 먹고 영원히 깨어나지 못할지도 모를 일이었다. 그런 위험한 약을 줄리엣은 지금 먹으려는 것이다.

홀로 남은 줄리엣은 마음이 불안해졌다.

'아, 이게 진짜 독약이면 어떡하지? 아니야, 로미오 님과 날 결혼시킨 인자하신 신부님이 그런 걸 나에게 주셨을 리가 없어. 혹시 로미오 님이 날 구하러 오기 전에 무덤 속에서 내가 먼저 눈을 뜨면 어떡하지? 질식해 죽지는 않을까? 아니야. 다 잘 될 거야. 눈을 뜨면 로미오 님이 내 곁에 계실 거야. 하지만 만약에 약의 효과가 제대로 나타나지 않는다면, 나는 내일 파리스 백작과 결혼을 해야 할 텐데…….'

이런저런 생각을 하던 줄리엣은 침대 밑에서 단검을 꺼내 날카로운 칼날을 매만졌다. 약의 효과가 나타나지 않을 경우, 단검으로 자살할 결심을 하고 약을 쭉 들이마셨다.

줄리엣은 약병과 단검을 보이지 않는 곳에 치워놓고 이불 속으로 들어가 누웠다. 고통은 조금도 느껴지지 않았고, 졸음이 몰려오면서 눈이 감길 뿐이었다. 그리고는 바로 깊은 잠 속으로 빠져들었다.

드디어 결혼식 날이 밝았다.

유모와 캐플렛 부인은 새벽부터 바쁘게 집안을 뛰어다니면서, 결혼식이 끝난 후 벌어질 축하 파티의 음식을 장만하느라 정신이 없었다.

일찍부터 서두르던 캐플렛이 그들을 재촉했다.

"자, 어서 해. 어서! 벌써 날이 밝았어! 곧 신랑이 들이닥칠 텐데, 아직도 음식 때문에 꾸물거리고 있는 건가? 참, 유모는 주방에 가서 음식 준비가 잘 되고 있는지 알아봐요."

"나리, 그런 일은 이 유모가 다 알아서 할 테니, 그만 좀 쉬세요. 이렇게 밤을 새우다가 병나시겠어요."

"천만에! 난 아직도 건강하다네."

캐플렛의 저택 밖에서는 벌써부터 악대가 음악을 연주하고 있었다.

"백작께서 벌써 악대를 앞세우고 오시는 모양이죠? 참 부지런하기도 하시지……."

"아니, 벌써 온 모양인데, 유모! 부인! 여봐라! 유모! 가서 줄리엣을 깨우고 옷을 갈아입혀요. 부인은 나와 같이 백작을 맞이하러 갑시다."

캐플렛과 부인은 파리스 백작을 맞이하러 문밖까지 나갔다. 파리스 백작은 검은 예복을 입고, 눈이 부시도록 흰 장갑을 끼고 있었다.

"어서 오십시오. 진심으로 축하드립니다."

캐플렛과 부인이 환한 미소를 띠며 축하 인사를 했다.

"아가씨! 저, 줄리엣 아가씨! 오늘 같은 날 늦잠을 주무시면 어떡해요? 어서 일어나세요!"

유모는 깊은 잠에 빠져 있는 줄리엣을 마구 흔들어댔지만, 줄리엣이 꼼짝도 하지 않자 이불을 확 젖혔다.

"아이고 참, 잘도 자네. 깨워서 미안하지만…이봐요, 아가씨!"

줄리엣을 흔들어 깨우던 유모는 줄리엣의 창백한 얼굴을 보고 깜짝 놀라 두어 걸음 뒤로 물러섰다.

유모는 한 순간 숨을 멈췄다가 크게 들이쉬고는, 떨리는 손으로 줄리엣의 손을 잡아보았다. 창백한 얼굴과 마찬가지로 손 역시 싸늘하게 식어 있었다.

"아니, 아가씨! 아이고! 사람 살려요!"

유모는 부리나케 아래층으로 뛰어 내려왔다.

찢어지는 듯한 유모의 비명 소리에 캐플렛이 얼굴을 찡그리며 나무랐다.

"이렇게 경사스러운 날에 왜 그리 소란을 피우고 야단이오?"
"아, 이럴 수가!"
"무슨 일이야? 유모, 왜 그러냐고?"
"아, 아가씨가 이상해요! 눈을 뜨지 않아요. 빨리 줄리엣 아가씨 방으로 올라가 보세요!"

캐플렛과 부인은 유모의 말을 듣고 정신없이 계단을 뛰어 올라갔다.

"에구머니나, 내 목숨보다 소중한 딸이! 줄리엣, 눈을 떠 보거라. 안 뜨면 나도 같이 죽을 테다! 사람 살려요!"

부인의 슬픈 울음소리가 온 방 안을 가득 메웠다.

"이게 대체 무슨 일이야? 손발이 얼음장같이 식어 버렸어!"

캐플렛이 줄리엣의 손발을 만져보더니 맥없는 목소리로 중얼거렸다.

그러더니 캐플렛은 잠시 넋 나간 사람처럼 허공만 보고 있다가, 참았던 울음을 터트렸다.

"줄리엣! 이게 웬일이냐!"

"아, 세상에! 이렇게 갑작스럽게 죽음이 찾아올 줄이야!"

"하느님께서는 무정하기도 하시지. 하필이면 이 경사스러운 날에……."

유모는 넋이 나간 부부의 옆에서 신을 원망하며 넋두리를 해댔다.

그때 아래층에서 하인의 목소리가 들려왔다.

"로렌스 신부님께서 오셨습니다."

하지만 캐플렛은 그 소리를 못 들었는지, 바위처럼 굳은 채 줄리엣의 모습만 멍하니 내려다보고 있었다.

"나리, 정신 차리세요! 신부님이 오셨으니 내려가 보세요."

여전히 넋 나간 표정의 캐플렛은 유모가 이끄는 대로 걸음을 옮겼다.

홀에서는 로렌스 신부와 백작이 밝은 얼굴로 이야기를 나누고 있었다.

캐플렛이 홀 안으로 들어가자, 로렌스 신부가 손을 들고 다가왔다.

"자, 신부가 성당으로 갈 준비는 다 되었소?"

신부는 넋이 나간 캐플렛의 표정을 보고 줄리엣이 약을 마셨다는 것을 알아챘다.

"준비는 다 됐으나, 이렇게 가면 다시는 돌아오지 못할 먼 길을 가고 말았습니다!"

"뭐라고요? 그게 무슨 말입니까!"

캐플렛이 중얼거리자, 얼굴빛이 변한 파리스 백작이 벌떡 일어섰다.

"백작! 줄리엣은 당신에게 시집가기 전에 죽음의 신에게 먼저 시집갔소. 죽음의 신이 내 사위, 내 상속자일세. 어젯밤에 죽음의 신이 우리 딸을 붙잡아 갔단 말이오."

파리스 백작은 슬픔과 안타까움으로 몸을 부르르 떨었다.

"아…내가 그렇게도 기다리던 결혼이 결국 이렇게 끝나다니!"

"자, 모두들 진정하시오. 줄리엣 양은 캐플렛 공과 하느님의 딸이었소. 이제 줄리엣은 부모의 곁을 떠나 하느님에게로 간 것이오. 따님께는 오히려 잘된 거요. 당신은 따님을 죽음으로부터 지켜내지 못했지만, 하느님은 영원한 생명을 주심으로써 따님을 죽음으로부터 지켜줄 것이오. 눈물을 씻고, 이 아름다운 시체를 교회로 옮기시오. 영결식이 끝나면 가족묘지로 운반해서 조상 곁에서 편안히 잠들게 합시다."

로렌스 신부는 슬픔 속에 빠져 있는 사람들을 위로했다.

"아, 사랑스러운 내 딸! 결혼 축가가 음울한 장송곡으로 변하고, 축하를 위한 꽃들이 관을 뒤덮게 생겼구나. 결혼 피로연에 쓰려던 음식이 장례용 음식이 될 줄 누가 알았겠는가!"

캐플렛의 비통한 목소리가 사람들의 마음을 울렸다.

파리스 백작의 얼굴빛은 금방이라도 쓰러져 버릴 것처럼 창백했다.

### 가족묘지

로미오는 만토바에서 며칠을 보냈다. 하루하루가 너무나 지루하기만 했다. 날마다 그리운 줄리엣 생각뿐이었다.

목요일 아침, 그는 멍하니 앉아 지난밤에 꾼 꿈을 생각하고 있었다.

참으로 이상한 꿈이었다. 자기가 죽었는데, 줄리엣이 슬픔에 잠겨서 자기의 시체를 내려다보고 있었다. 그리고 줄리엣이 자신에게 입을 맞추자, 자신이 차차 숨을 몰아쉬며 살아나는 것이었다.

마치 현실에서 일어난 일처럼, 꿈속에서도 자신의 의식이 또렷하게 느껴졌다.

'참 불길한 꿈이로다.'

로미오는 그 이상한 꿈 생각에 사로잡혀서 아무 일도 못하고 반나절을 보냈다.

오후가 되자, 도저히 방 안에 있을 수가 없던 로미오는 거리로 나왔다. 그런데 갑자기 요란한 말발굽 소리가 들려왔고, 거리에 있던 사람들이 길가로 피했다.

'아니, 저건 우리 집 하인 밸더자가 아닌가? 뭔가 심상치 않은 일이 있는 모양이구나.'

밸더자는 로미오의 하인으로서, 로미오는 떠나올 때 줄리엣에게 무슨 일이 있으면 알려달라고 그에게 부탁을 해 놓았다.

"밸더자!"

"아, 도련님!"

로미오는 길 한복판으로 나서며 그를 불렀고, 밸더자는 로미오를 보자마자 말고삐를 잡아채더니 말 등에서 펄쩍 뛰어내렸다.

"웬일이냐? 줄리엣은 잘 있겠지? 어서 말해 보거라! 편안히 있는 거지?"

로미오는 어젯밤의 악몽이 자꾸 떠올라 불안하기만 했다.

"네, 그렇지요. 아가씨께서는 가족묘지 속에 편안히 누워 계실 테니까요."

"가족묘지라니? 대체 무슨 말을 하는 거냐?"

"네, 저…줄리엣 아가씨께서 어젯밤에 돌아가셨습니다. 아가씨가 가족묘지 속에 들어가는 것을 제 눈으로 똑똑히 보고 달려왔습니다. 좋지 않은 소식을 들고 와서 죄송합니다."

순간 온몸에서 힘이 빠져나가며 휘청거리자, 로미오는 밸더자에게 몸을 기댔다. 눈앞이 캄캄해지면서 모든 것이 빙글빙글 돌았다.

"어서 말을 구해 내 숙소로 오너라! 가서 잉크와 종이를 가져오너라. 난 오늘 밤 안으로 떠나야겠다. 곧장 베로나로 떠나야겠다!"

"도련님, 제발 참으세요. 지금 베로나에 가시면 생명이 위험합니다."

"난 상관하지 말고 어서 말이나 구해 오너라."

로미오가 벌겋게 충혈된 눈으로 쏘아보자, 그는 깜짝 놀라 재빨리 자리를 피했다.

밸더자가 떠난 다음에도 로미오는 한참을 꼼짝도 하지 않고 서 있다가 방향도 모르는 곳으로 터벅터벅 걷기 시작했다.

"줄리엣! 얼마나 외롭고 무섭소? 조금만 참아주오. 이 로미오가 당신과 함께 영원히 잠을 자러 당신 곁으로 가겠소. 오, 악마란 놈! 절망한 자의 머릿속에 번개처럼 들어오는구나. 그래, 이 근처에 독약을 만들어 파는 약방 영감이 있었지……."

상점들 중에서 약방을 발견한 로미오는 자기가 가진 패물 전부를 주고 겨우 독약을 구할 수 있었다.

"자, 독약아! 아니 생명수야, 나와 함께 줄리엣의 무덤으로 가자."

이윽고 날이 어두워지자, 로미오는 베로나를 향해 정신없이 달려가기 시작했다.

로미오가 이렇듯 비장하게 베로나로 달려가고 있을 때, 성당에서는 존 신부와 로렌스 신부가 마주 앉아 있었다. 존 신부는 로렌스 신부가 만토바의 로미오에게 심부름을 보냈던 신부이다.

"만토바로부터 오시느라 수고했소. 로미오의 대답은?"

로렌스 신부가 어두운 얼굴로 존 신부에게 물었다.

"전염병 때문에 성문을 빠져나가지 못하고 되돌아왔습니

다."

"그럼 내 편지는 누가 로미오에게 전해 주었소?"

"죄송합니다. 병에 전염될까 봐 모두들 무서워하는 바람에, 그곳으로 가는 사람을 만나지 못해 이렇게 도로 가져왔습니다."

로렌스 신부의 가슴이 쿵 내려앉았다.

'아, 이게 무슨 불행한 일이란 말인가! 로미오에게는 일단 나중에 연락하기로 하고, 줄리엣부터 구해 내야겠다. 앞으로 세 시간 안에 줄리엣이 눈을 뜰 텐데……. 줄리엣을 내 서재에 숨겨놓은 다음, 로미오에게 연락을 해서 데려가도록 해야겠어.'

로렌스 신부는 서둘러서 줄리엣이 누워 있는 묘지로 향했다.

### 죽음의 입맞춤

횃불에 비친 무덤 속은 매우 음산했다.

잠든 것처럼 누워 있는 줄리엣의 모습이 로미오의 눈에 들어왔다.

"줄리엣!"

로미오는 싸늘하게 식은 줄리엣을 끌어안았다.

"줄리엣, 당신의 아름다움은 죽음조차 삼켜 버리지 못했구려. 이 장밋빛 입술로 내게 키스를 해주시오. 이제 나도 당신을 따라가겠소."

로미오는 줄리엣의 몸을 한 팔에 감은 채, 독약을 꺼내 마셨다.

그 무렵, 로렌스 신부는 혼자서 묘지를 향해 갔다.

묘지로 걸어오는 도중 바스락거리는 소리가 들려 깜짝 놀랐다.

"거기 누구요?"

"접니다."

대답과 함께 몬테규 집안의 하인인 밸더자가 모습을 드러냈다.

"여기는 뭣 하러 왔느냐?"

"도련님이 이리로 오셔서 뒤따라왔습니다."

"뭐? 로미오가 이곳에 왔다고? 묘지로 간 지 얼마나 되었지?"

로렌스 신부가 놀라서 다시 되물었다.

"30분쯤 됐습니다."

"그럼 나와 함께 무덤으로 가보자."

"신부님, 혼자 가십시오. 우리 도련님은 제가 가 버린 줄만 알고 계시는데, 도련님이 저를 보면 뒤따라왔다고 죽이려고 할 겁니다."

"그럼 넌 여기 있어라. 나 혼자 가보마."

신부는 불안한 마음을 누르려고 쉴 새 없이 기도를 하면서 발걸음을 서둘렀다.

무덤 속에는 줄리엣과 로미오가 잠든 듯이 조용히 누워 있었다. 로미오의 팔은 줄리엣을 꼭 끌어안고 있었다.

그즈음 줄리엣은 어렴풋이 의식을 회복하고 있었다. 그녀의 귀에 꿈결인지 생시인지 사람의 말소리가 들리는 듯했다.

점점 의식이 또렷해지자 줄리엣은 그 목소리의 주인공이 로렌스 신부라는 걸 알아챘다.

"신부님!"

줄리엣이 신부를 부르는 순간, 무덤 앞쪽에서 수많은 등불들이 넘실거리는가 싶더니 사람들의 발소리가 들려왔다.

"신부님, 로미오 님은 어디 계세요?"

"줄리엣, 이야기는 나중에 하고 어서 나오너라. 순찰대가 오는 모양이다. 빨리!"

"로미오 님은 어디 계신가요?"

"네 옆을 보렴, 로미오는 네가 죽은 걸로 오해하고 목숨을 끊었단다. 너는 나와 함께 어서 여길 빠져나가자!"

사람들의 발소리는 점점 가까워졌고, 신부는 줄리엣을 재촉했다.

"아, 로미오 님!"

줄리엣은 그제야 로미오가 자기 옆에 누워 자신의 허리를 감고 있는 것을 발견했다.

"어서 나오라니까! 줄리엣! 더 이상 망설이고 있을 순 없다."

"신부님이나 나가세요. 전 가지 않겠어요, 신부님! 어서 피하세요! 잡히면 큰일 나요."

로렌스 신부는 더 이상 지체하지 못하고 하는 수 없이 숲으로 몸을 숨겼다.

"로미오 님, 당신은 어째서 내가 살아난다는 것을 모르고 이런 짓을 하셨나요? 하지만 잘됐어요. 당신과 함께 천국에 갈 생각을 하니 행복하답니다."

줄리엣은 신부가 두고 간 등불의 불빛으로 로미오가 마신 약병을 찾아 손에 쥐었다.

"아, 무심하셔라! 어쩌면 한 방울도 남기지 않으셨단 말인가."

그때 순찰대의 목소리가 들려왔다.

"저기 웬 불빛이지?"

로미오를 껴안은 채 어쩔 줄 몰라 하던 줄리엣의 손에 뭔가 잡히는 게 있었다.

"아, 단검이 있었구나! 로미오 님! 당신 곁으로 가겠어요!"

줄리엣은 로미오의 이름을 부르며 망설임 없이 단도로 가슴을 찔렀다. 그리고 로미오의 몸 위로 쓰러졌다.

순찰대의 발소리가 무덤을 둘러싸며 수많은 등불이 반짝이는 것을 느끼면서, 줄리엣은 조용히 숨을 거뒀다.

슬픈 밤이 지나고 밝은 아침이 되었다.
로렌스 신부는 모든 사실을 털어놓았고, 성당에서는 사랑을 이루지 못하고 너무나 안타깝게 죽은 로미오와 줄리엣의 장례식이 치러지고 있었다.
장례식을 마친 다음, 에스컬러스 영주가 엄숙한 목소리로 몬테규와 캐플렛을 꾸짖었다.
"세상에 이렇게 안타깝고 어리석은 일이 또 어디 있단 말인가? 두 집안의 어리석은 싸움이 꽃다운 두 젊은이의 목숨을 앗아 갔소. 이런 싸움을 앞으로도 계속할 거요? 이건 분명히 두 집안에게 하늘이 내린 벌이오. 하지만 나도 당신네 가문의 불화를 등한시하고 있다가 친척을 잃고 말았소. 우리 모두 벌을 받았구려."
영주의 말에 몬테규와 캐플렛은 고개를 들지 못했다.
"잘못했습니다."
"제 잘못이 더 큽니다."
캐플렛과 몬테규가 서로의 잘못을 인정하자, 영주의 얼굴에 미소가 떠올랐다.
"그럼 이제 화해하는 겁니까?"

캐플렛이 고개를 끄덕이며 몬테규를 바라보았다.

"오, 몬테규 사돈 영감. 서로 악수를 합시다. 이것을 딸의 유산으로 삼겠습니다. 어디 이 이상 바랄 수야 있겠습니까?"

몬테규도 얼른 캐플렛의 손을 꽉 잡았다.

"아니오, 그 이상을 드리리다. 캐플렛 사돈! 나는 순금으로 된 따님의 동상을 세우겠소. 그래서 이 베로나가 존재하는 한 성실하고 정숙한 줄리엣이 천하제일로 칭송받도록 하겠소."

"그럼 저도 그와 똑같이 훌륭한 로미오의 동상을 그 아내 곁에 세워주리다. 우리 두 집안의 불행이 낳은 고귀한 희생의 기념으로서!"

두 사람은 슬픔을 견디지 못하고 서로 와락 껴안았다.

그동안의 해묵은 미움과 증오가 한 순간에 풀려나가는 순간이었다.

그 모습을 지켜보던 영주가 안타까움이 섞인 말투로 중얼거렸다.

"조금만 더 일찍 이런 아름다운 화해가 이루어졌다면 얼마나 좋았을까! 로미오와 줄리엣의 이야기보다 더 슬픈 이야기가 이 세상 어디에 있겠소."

서로 굳게 껴안고 서 있는 몬테규와 캐플렛의 위로 새로운 베로나의 아침 햇살이 눈부시게 쏟아져 내렸다.

# 베니스의 상인

### 우정을 위하여

 베니스의 하늘은 맑고 푸르렀으며, 거리를 오가는 사람들의 모습에서는 여느 때처럼 활기가 넘쳐흘렀다.
 그러나 무역업을 하는 젊은 상인 안토니오의 얼굴은 어쩐지 우울해 보였다.
 함께 걸어가던 살레리오가 걱정스런 표정으로 안토니오에게 물었다.
 "자네 때문에 우리까지 우울해질 것 같네. 도대체 무슨 일인가?"
 그러자 안토니오가 미안한 듯이 대답했다.
 "왜 이렇게 마음이 답답한지 나도 잘 모르겠어."

안토니오는 항구 도시 베니스에서 배로 무역업을 하는 상인들 중 가장 성실하고 친절했기 때문에 모든 사람에게 신뢰와 존경을 한 몸에 받고 있었다. 그런 안토니오가 오늘따라 이상하게 우울한 얼굴을 하고 있는 것이었다.

친구인 살레리오와 솔레이니오는 어떻게든 안토니오의 기분을 바꿔주려고 번갈아가며 밝은 목소리로 말을 걸었다.

"그건 아마 자네 마음이 자네의 배와 함께 먼 바다로 나가 있기 때문일 거야. 귀중한 배가 폭풍우를 만나면 어떡하나, 또 암초에 부딪히면 어떡하나……. 실제로 암초에 부딪히면 배도 짐도 눈 깜짝할 사이에 바다 속으로 가라앉고 말지. 제 아무리 돈을 많이 가지고 있다 하더라도 하룻밤 사이에 빈털터리가 되고 만다니까. 하지만 누가 뭐래도 자네 배는 우리가 이런 이야기를 하고 있는 동안에도 당당하게 돛을 달고 드넓은 바다를 이리저리 헤쳐 나가고 있을 거야. 그러니 안토니오, 너무 걱정하지 말게."

"아닐세, 오늘 같은 바람은 그리 문제 될 것도 없지. 지금 내 기분이 울적한 것은 배에 실린 물건에 대한 걱정이 아니야. 그리고 배 한 척 정도 잘못된다고 해서 큰일 날 일도 없어. 다만……."

"아, 그럼 사랑의 고민이로군."

안토니오가 아니라고 대답했지만 솔레이니오는 웃으면서 말했다.

"농담하지 말게."

안토니오가 펄쩍 뛰며 대답했다.

"사랑도 아니라고? 그럼 즐겁지 않기 때문에 마음이 답답하단 얘기 같은데……. 그렇다면 거꾸로 쾌활하게 웃어보게. 마음이 한결 밝아질 테니."

안토니오가 살레리오, 솔레이니오와 이야기를 나누고 있을 때, 저쪽에서 밧사니오가 두 친구와 함께 다가오고 있었다. 이야기하기를 좋아하는 그라시아노와 점잖은 로렌조였다.

그라시아노는 안토니오의 얼굴을 보자마자 호들갑스럽게 떠들기 시작했다.

"아니, 안토니오. 자네 왜 그러나? 자넨 항상 세상일을 너무 심각하게 생각해. 뭐, 두루두루 마음을 쓰는 것은 괜찮지만, 그것도 돈과 마찬가지로 지나치게 쓰면 결국은 손해야."

그러나 그라시아노의 말도 안토니오에게 위로가 되지는 않았다.

안토니오가 대답했다.

"세상은 다 그런 거야. 난 말이지, 세상이란 연극 무대와 같다고 생각해. 무대 위에서는 사람들이 여러 가지 연기를 하지. 그

중 내가 맡은 역은 슬픈 역이고……."

"그럼 난 어릿광대 역을 맡겠어. 아무래도 늙어서 쭈글쭈글해지면 찡그린 얼굴보다는 웃는 얼굴이 낫겠지? 무슨 일이나 늘 심각하게 생각하고 걱정할 필요는 없어. 안토니오, 난 자네가 좋다네. 좋아하니까 이렇게 이야기하는 거야. 세상에는 마치 지저분한 쓰레기로 뒤덮인 얼굴을 하고 늘 심각한 표정만 짓는 사람이 있지. 그런 사람은 말없이 가만있어야 점잖고 똑똑해 보이는 걸로 착각하고 있고 말이야. 그런데 그런 사람일수록 일단 말을 하기 시작하면 정말 굉장해. 다른 사람을 욕했다 하면……. 아니, 이런 이야기는 다음에 하기로 하세. 어쨌든 우울한 기분 좀 풀어보게. 그럼 나중에 또 보자고. 가세, 로렌조. 내 설교 마무리는 점심 식사 뒤에 천천히 하도록 하지."

그렇게 침울해 있던 안토니오도 그라시아노의 말을 듣고는 잠시 웃음을 지었다. 곧 다른 친구들은 모두 떠났고, 가장 친한 친구인 밧사니오만 남게 되었다.

밧사니오는 그들의 뒷모습을 지켜보면서 말했다.

"그라시아노의 수다는 이 베니스 전체를 뒤져도 당할 사람이 없다니까. 온통 쓸데없는 이야기뿐이지. 실속이라고는 전혀 없이……. 아니, 간혹 있다고 해도 보리가마니 속에 섞여 있는 작은 알갱이 두 톨 정도라고나 할까? 그걸 찾으려면 하루는 걸릴 거야. 물론 찾아내봤자 별 가치도 없는 것이겠지만."

"그보다 밧사니오. 자네가 몰래 찾아가려고 하는 그 아가씨와의 일은 어떻게 됐나? 어서 자세히 말해 주게."

밧사니오는 벨몬트에 살고 있는 포오셔라는 아가씨를 사랑하고 있었다. 포오셔는 아름답고 지혜로운 데다가 엄청난 재산까지 상속받아 각지에서 구혼자들이 줄을 이었다.

"안토니오, 자네도 이미 잘 알다시피 난 얼마 안 되는 재산밖에 없으면서 그동안 어울리지 않는 화려한 생활을 해왔어. 그런 탓에 그 적은 재산마저도 모두 낭비해 버렸지. 그래서 앞으로 그런 사치스런 생활은 그만두고 절약하면서 검소하게 살아가려고 하지만, 당장 밀린 빚을 정리하는 것도 힘이 드는군. 그동안 지나치게 낭비를 많이 했더니 빚이 상당히 불어났거든. 안토니오, 난 자네에게 가장 많은 신세를 지고 있네. 경제적인 면에서나 우정에 있어서 말이지. 그래서 그 우정을 믿고 또 한 번 자네에게 의논하고 싶은 일이 있네. 지금부터 내가 생각하고 있는 계획이나 희망, 그 밖의 모든 것을 털어놓겠네."

"무슨 일인지 이야기해 보게, 밧사니오. 명예롭지 못한 일이 아니라면. 아니, 자네 일이니까 그렇게 걱정할 문제는 없겠지만……. 내 돈으로든 몸으로든 무엇이든지 자네가 원하는 대로 도와주겠네."

"어릴 때 나는 화살을 잃어버리면 그걸 찾기 위해 또 하나의 화살을 잃어버린 것과 똑같은 방향으로 좀 더 신중하게 쏘아 보내곤 했지. 두 번째 것도 잃어버릴지 모르는데 말이야. 하지만 그런 식으로 해서 대개는 두 자루 모두를 찾을 수 있었어. 내가 이런 어린 시절 이야기를 꺼내서 자네 마음이 어떨지 모르겠지만…그래도 우리 둘을 위하여 이야기하겠네. 난 자네에게 이미 많은 빚을 지고 있어. 그리고 젊은 혈기로 인해 그것을 다 없애 버렸지. 하지만 만일 다시 한 번 기회가 허락된다면 먼저 쏜 것과 같은 방향으로 한 자루의 화살을 쏘아주지 않겠나? 그렇게만 해준다면 이번에야말로 나는 화살이 날아가는 방향을 똑똑히 지켜보고 있다가 둘 다 찾아오겠네. 만약 잘되지 않더라도 나중 것만은 틀림없이 가지고 돌아오겠네. 그리고 먼저 것은 빌린 사람으로서 자네에게 영원히 감사하겠네."

"무슨 말을 하려는 거야, 밧사니오. 자네도 날 잘 알고 있지 않나. 그렇게 돌려서 이야기하는 것은 시간 낭비일 뿐이야. 게다가 내 우정을 의심하는 것은 내 재산을 모두 다 써 버리는 일보다 더 심한 일이네. 그러니 직접적으로 이야기해 줘. 내가 도울 수 있는 일이라면 무엇이든지 돕겠어. 자, 어서 말해 보게."

안토니오는 밧사니오를 위해서라면 전 재산을 다 써 버리더라도 도울 생각이었는데, 그가 자신의 우정을 의심하는 것 같아서 섭섭하게 느껴졌다.

밧사니오는 그제야 단숨에 털어놓았다.

"벨몬트에 큰 재산을 상속받은 아름다운 아가씨가 있어. 난 그 아가씨에게 말로는 아니지만 눈길로 아름다운 인사를 받았네. 이름은 포오셔, 그 옛날의 용사 브루투스의 아내 포오셔에게도 결코 뒤지지 않는 아가씨지. 포오셔에게 청혼을 하고 싶지만, 이미 널리 소문이 퍼져서 동서남북 각지에서 바닷물이 밀려오듯 많은 청혼자들이 끊임없이 그녀에게 몰려들고 있지. 오, 안토니오. 내게 그들과 겨룰 수 있을 정도의 재산만 있다면……. 난 자신 있네. 나는 반드시 행운을 잡아 보이겠어!"

"무슨 말인지 잘 알겠네. 하지만 자네도 알다시피 지금 나의 전 재산은 바다 위에 있기 때문에 현재로서는 자네가 필요한 만큼의 돈도 물건도 갖고 있질 않아. 그렇지만 좋아, 어디 한번 나가보세. 이 베니스에서 상인으로서의 내 신용이 어느 정도인지 한번 시험해 보자고. 될 수 있는 대로 빨리 돈을 구해서 자네를 꼭 아름다운 포오셔 아가씨가 있는 벨몬트로 보내주겠네. 자, 자네도 어서 가서 빌릴 만한 곳을 찾아보게. 나도 갈 테니. 염려 말게. 신용으로든 우정으로든 돈은 마련할 수 있을 거야."

## 몰려드는 청혼자들

 벨몬트에 사는 포오셔는 약간 피곤한 모습으로 하녀 네릿서와 이야기를 하고 있었다.
 "네릿서, 정말이지 아직 어린 나에게는 이 세상이 너무 힘들어. 어떻게 해야 좋을지 모르겠어."
 "이해해요, 아가씨. 하지만 너무 행복하기만 해도 괴롭다고 하잖아요. 현재의 행복과 똑같은 만큼 불행해진다면 정말 힘들겠지요. 그러니까 무엇이든지 적당한 것이 좋아요. 아가씨의 행복은 적당한 정도예요. 이제 아가씨가 생각하는 대로 행동하고 실천할 수 있으면 더욱 좋겠지요."
 "실천하는 일이 생각만큼 쉽다면 얼마나 좋겠니? 말하기는 쉽지만 행동하기는 어려운 법이야. 아무리 훌륭한 설교를 듣더라도, 그 가르침대로 지키는 것은 대단한 사람이 아니면 할 수 없는 일이지. 하지만 이런 것을 투덜거리면서 불평해 봤자 지금의 내 상황에서는 아무 소용이 없어. 내 결혼 문제에 아무런 도움이 되지 않는다고. 아, 어떻게 해야 하지? 선택이라니! 난 마음대로 좋아하는 사람을 고를 수도 없고, 싫어하는 사람을 거절할 수도 없어. 살아 있는 나의 의지가 돌아가신 아버지의 유언으로 인해 꽉 묶여 버리고 말았으니까. 정말 너무하다고 생각하지 않니, 네릿서? 스스로 남편감을 선택할 수도 거절할 수도 없다니!"

포오셔가 불평을 늘어놓자, 네릿서가 차분한 목소리로 포오셔를 위로하며 말했다.

"아가씨의 아버님은 훌륭한 분이셨어요. 금과 은과 납으로 된 세 개의 상자에 소중하게 하나씩 넣어 두신 물건 중에서, 아버님의 훌륭하신 뜻이 담긴 것을 선택할 수 있는 분이라면 틀림없이 아가씨도 사랑하게 될 분일 거예요. 그건 그렇고 아가씨, 지금까지 보신 높은 분들을 어떻게 생각하세요? 나폴리의 공작님은 마음에 드셨나요?"

"아, 그 사람. 그 사람은 말에 대해서만 이야기했어. 자기가 직접 말발굽에 편자를 박아줄 수 있는 일이 무엇보다도 자랑스럽고 훌륭한 재능이라고 생각하고 있는 것 같아. 그 사람은 차라리 마부나 대장장이의 자식으로 태어나는 편이 더 나을 것 같았어."

"팔레타인 백작님은요?"

"그 사람은 하루 종일 찡그린 얼굴을 하고 있는 게 특기인가 봐. 재미있는 이야기를 해도 전혀 웃질 않아. 나이를 먹었다면 동정이라도 하겠는데, 젊은 사람이 그렇게 무뚝뚝하다니……. 그런 사람과 결혼하느니 차라리 해골과 결혼하는 편이 낫겠어."

"그럼 그 프랑스의 귀족 르봉 경은요?"

"그 사람 역시 신이 만들어낸 소중한 사람이기 때문에 나쁘게 이야기하면 죄가 된다는 건 알고 있어. 하지만 그 사람은 말이지, 말 이야기에 관해서는 나폴리 공작 못지않아. 뿐만 아니라 찡그린 얼굴은 팔레타인 백작보다 더하고, 무엇에나 참견하길 좋아하는 수다쟁이라니까. 티티새가 울어도 춤을 추고, 자기 그림자하고도 결투를 한다고 야단법석이야. 그런 사람과 결혼하면 남편이 스무 명은 된 것처럼 정신이 없을 거야."

"영국의 젊은 남작 폴콘브리지 씨는요?"

"그 사람은 어떻게 할 수가 없었어. 전혀 말이 통하지 않았으니까. 그 사람은 라틴어도 프랑스어도 하지 못했어. 나는 영어라곤 한 마디도 모르는데 말이야. 어쨌든 잘생기고 재치가 있다고는 해도 완전히 뒤죽박죽이었어. 게다가 예의범절은 이쪽저쪽에서 땄는지 온통 뒤범벅이었고."

"그럼 그 색소니 공작의 조카라는 독일 청년은요?"

"그 사람은…오전 중에는 술 취하지 않은 모습으로 있는 것이 싫고, 오후에는 잔뜩 취해 있는 모습이 정말 참을 수 없었어. 아무리 최악의 경우라 해도 그렇게 술 냄새가 푹푹 나는 사람과 결혼하고 싶지는 않아."

"그렇지만 만약 그 사람이 상자 고르기에서 맞는 상자를 고른다면, 아버님의 유언은 어떻게 되나요? 설마 아버님의 뜻을 거역할 생각은 아니시겠죠?"

"그러니까 만일의 경우에라도 제발 그렇게 터무니없는 일이 일어나지 않도록 틀린 상자 위에 술병을 놓아줘. 그러면 그 상자 안에 마귀가 들어 있다고 해도 그 사람은 그걸 고를 테니까."

"걱정 마세요, 아가씨. 방금 말씀드린 그분들은 모두 상자 고르기를 포기하고 돌아가겠다고 결심했어요. 상자 고르기를 통과하지 않고서 결혼할 수 없다면, 두 번 다시 결혼 신청은 하지 않겠다고 하더군요."

네릿서의 말에 포오셔는 그제야 안심한 듯이 미소를 띠며 말했다.

"아, 정말 다행이야. 아버님의 유언대로 결혼하는 것이 아니라면 아무리 나이를 먹어도 달의 여신 다이아나처럼 깨끗하게 늙어갈 거야. 그분들은 정말 잘 결심해 주었어. 그런데 떠나가도 섭섭하거나 슬픈 사람은 하나도 없구나. 신이시여, 부디 그분들의 가는 길을 지켜주시기를……."

"그런데 아가씨, 혹시 기억하고 계세요? 아버님께서 살아 계실 때 몬트파라트 후작님과 함께 여기 오셨던 학자인 베니스의 그분 말이에요."

"응, 기억하고 있어. 이름이 밧사니오였을 거야."

"맞아요, 그분. 아가씨, 제 말이 버릇없이 들릴지 모르겠지만, 그분은 지금까지 제가 본 그 어느 누구보다도 훌륭하세요. 그래서 아름다운 아가씨에게 가장 잘 어울리는 신랑감이라고 생각해요."

"잘 기억하고 있구나, 네릿서. 그래, 네 말이 틀린 것 같지는 않은데……."

포오셔는 딱 한 번 만났을 뿐이고, 서로 눈인사를 나누었을 뿐이었지만 지금까지도 잊히지 않는 그 청년의 모습을 꿈꾸듯 떠올렸다.

그때 하인이 들어오는 바람에 포오셔는 다시 현실로 돌아왔다.

"무슨 일이야?"

"손님들께서 한 번만 더 아가씨를 뵙고 작별 인사를 하시겠다고 합니다. 그리고 모로코에서 사람이 왔는데, 그곳의 왕이 오늘밤 이곳에 도착하신답니다."

"아, 작별 인사를 하는 것과 마찬가지로 기쁜 마음으로 새로운 손님을 맞이할 수 있다면 얼마나 좋을까? 비록 얼굴색은 검더라도 마음은 성인처럼 깨끗한 분이시고, 더더욱 내 마음을 잘 알아주었으면 좋겠구나……. 하지만 결혼 신청이라면 이제 지긋지긋해. 먼저 가 있어, 네릿서. 겨우 한 사람이 돌아가는가 싶으니 곧 다른 사람이 문을 두드리는구나."

### 고리대금업자 샤일록

밧사니오는 베니스에서 자신에게 돈을 빌려줄 만한 사람을 여기저기 찾아다녔다. 하지만 3천 더컷이나 되는 많은 돈을 가지고 있는 사람은 지독한 고리대금업자인 샤일록밖에 없었다.

밧사니오는 하는 수 없이 샤일록을 찾아갔다.

"흐음, 3천 더컷이라······."

거래소에서 가까운 자기 집 앞에서 밧사니오로부터 이야기를 들은 고리대금업자 샤일록은 애매하다는 듯이 코를 쿵쿵거렸다.

"그래요. 3천 더컷을 석 달 동안만 빌려주시오."

"석 달 동안이라······. 글쎄."

"아까도 이야기했듯이 안토니오가 보증을 서기로 했소."

"안토니오가 보증을?"

"날 도와주시겠소? 내 부탁을 들어주겠다는 말이오, 그렇지 못하겠다는 말이오? 어서 대답해 주시오."

밧사니오는 대답을 피하는 샤일록이 답답해서 다그치듯 물었다.

"3천 더컷을 석 달 동안. 게다가 안토니오가 보증인?"

"그렇소. 자, 어서 대답을······."

"안토니오는 좋은 사람이지. 믿을 만하고. 하지만……."

"아니, 그럼 그가 좋지 않은 사람이라는 소문을 들어본 적이라도 있소? 그에게 무슨 문제라도 있단 말이오?"

샤일록이 안토니오에 대해 좋지 않게 말하려 하자, 밧사니오가 버럭 화를 내며 물었다.

"아, 아니오. 좋은 사람이라는 말은, 그 사람 정도라면 보증인으로서 확실하다는 뜻이오. 하지만 당신도 알다시피 그 사람의 전 재산은 지금 모두 바다 위에 떠 있잖소. 거래소에서 들은 얘기에 의하면, 지금 그 사람의 배는 트리폴리에 한 척, 서인도에 한 척, 멕시코와 영국 그 밖에도 여기저기에 흩어져 있다던데. 뿐만 아니라 바다에는 해적들이 득실거리고, 위험은 또 얼마나 많은지……. 뭐, 그건 그렇고 그 사람이라면 틀림없겠지요. 3천 더컷이라……. 차용 증서라도 받아두면 괜찮을 것 같소."

"틀림없이 보증하겠소."

"그렇게 하면 당신 스스로 보증을 서는 것이 되지 않소? 나는 직접 안토니오를 만나 이야기해야겠소."

"괜찮다면 함께 저녁 식사를 합시다."

"당신들의 예언자 나사렛 예수가 악마를 가두었다는 그 돼지고기를 먹으라는 건가? 난 당신들과 거래를 하고, 이야기도 하고, 함께 걷기도 하지. 그 밖에 무엇이든지 함께하지만 먹고 마시는 것만은 안 돼. 기독교인과 유대교인이 어떻게 나란히 기도 같은 걸 할 수 있단 말인가!"

중얼거리던 샤일록의 목소리가 갑자기 높아졌다.

"엇, 거래소에서 무슨 일이 있었나? 누구지, 이쪽으로 오고 있는 사람이?"

"안토니오로군."

밧사니오가 그의 이름을 말하자, 샤일록은 또다시 투덜투덜 혼잣말을 하며 불평을 늘어놓기 시작했다.

'흥, 혼자서 잘난 체하기는. 그야말로 신에게 아첨하는 세금 관리장의 얼굴이로군! 난 저 녀석이 기독교인이라서 싫어. 하지만 그보다 더 싫은 이유는 바보처럼 부탁만 받으면 무조건 이자도 없이 돈을 빌려주는 거지. 저 녀석 때문에 이 베니스 전체의 이자율이 뚝 떨어졌잖아. 나쁜 녀석, 하지만 어쨌든 약점을 잡았으니 이제까지 쌓인 한을 마음껏 풀어볼 테다.

원래부터 신성한 우리 유대교인을 미워하고, 하필이면 사람들이 많이 모이는 곳에서 날 아주 나쁘게 이야기했다지. 애써 번 내 돈을 비싼 이잣돈이라는 등으로 트집을 잡았어. 저런 녀석을 용서해 준다면 우리 유대교인들의 체면이 땅에 떨어지는 거야!'

"샤일록, 듣고 있소?"

밧사니오가 묻자, 샤일록이 완전히 태도를 바꾸며 대답했다.

"아, 지금 내게 돈이 얼마나 있나 계산하고 있던 중이었소. 대충 어림잡아 보니 당장 3천 더컷을 빌려주기는 힘들 것 같소. 그렇지만 걱정 마시오. 다른 유대교인에게 부탁해서라도 어떻게든 마련해 줄 테니. 그런데 몇 달이었더라?"

건성으로 대답하던 샤일록이 몸을 돌리며 가까이 다가온 안토니오에게 말을 걸었다.

"아니, 이게 누구요. 안녕하셨소? 방금까지 선생 이야기를 하고 있던 중이었소."

안토니오는 샤일록의 인사는 받는 둥 마는 둥 하며, 이야기의 요점을 간단히 설명했다.

"샤일록, 나는 원래 돈을 빌리고 빌려줄 때 쓸데없는 흥정은 하지 않소. 하지만 내 소중한 친구의 절박한 사정을 해결하기 위해서 이번만은 어쩔 수 없이 내 뜻을 굽혀야겠군요. 이보게, 밧사니오. 필요한 금액은 이야기했겠지?"

"아, 그럼요. 3천 더컷이라죠?"

샤일록이 재빨리 대답했다.

"석 달 동안만 빌려주시오."

"아 참, 깜빡 잊고 있었소. 석 달 동안이라······. 밧사니오, 그렇게 말씀하셨소? 그럼 이제 안토니오 당신이 차용 증서를……. 아니, 한 마디만 물어보겠소. 당신은 틀림없이 이자를 받고 돈을 빌려주지는 않는다고 했지요?"

"그렇게는 해본 적이 없소."

"하지만 당신들의 성경에도 씌어 있지 않소? 영리한 야곱의 새끼 양 이야기 말이오."

"야곱이 이자를 받기라도 했다는 말이오?"

안토니오가 어리둥절해 하며 물었다.

"아니, 선생의 말씀대로 이자를 받지는 않았소. 그럼 이제 야곱이 어떻게 해서 부자가 되었는지 내 이야기를 들어보시오. 야곱은 외삼촌인 라반의 집에서 양치기를 할 때 외삼촌과 약속을 했소. 일을 한 대가로 앞으로 태어나는 양 중에서 무늬가 있는 것은 모두 자기가 가지겠다고 말이오. 그리고 양이 번식하는 계절이 되자, 새끼를 밴 어미 양 주위에 얼룩이 있는 나뭇가지를 빙 둘러 세워놓았소. 어느 쪽을 보아도 무늬가 보였지. 그래서 어미 양이 낳은 새끼는 모두 무늬가 있었소. 결국 야곱은 양들을 다 가지게 되었다는 이야기요. 이건 돈을 가지고 이자를 받아 재산을 불리는 것이나 마찬가지요. 야곱은 신의 은총을 받았던 것이고……. 그러니까 돈을 버는 것은 신의 은총이란 말이오."

"야곱의 이야기가 성경에 있기 때문에 이자놀이를 하는 것이 정당하다는 말이오. 그렇지 않으면 당신의 금과 은이 양이라도 된단 말이오?"

"글쎄. 그야 모르겠지만, 나는 금과 은으로 새끼를 낳게 하니까. 그런데 3천 더컷이라……. 이거 상당히 큰돈인데. 일 년이 열두 달, 열두 달 중의 석 달이라면, 이자는……."

샤일록은 이것저것 따져보며 말했다.

"어때요, 샤일록. 돈을 마련해 줄 수 있겠소?"

이번에도 여느 때처럼 느릿느릿 뜸을 들이는 샤일록이 답답했는지 지켜보던 안토니오가 조급해 하며 물었다.

"안토니오, 당신도 한 번 생각해 보시오. 이제껏 당신은 거래소에서 내 험담을 해왔소. 내 돈이나 이자에 대해서 말이오. 그래도 그것이 우리 유대인의 본분이니까, 언제나 가만히 참아 왔소. 당신은 내게 신앙심이 없다느니 살인자라느니 하는 욕을 퍼부었소. 그리고 내 옷에 침을 뱉고 나를 발로 차기까지 했지. 내가 내 것을 내 마음대로 하는 것이 나쁜 일이 아닌데도 당신은 내게 욕을 했소. 그런데 그런 당신이 이번에는 내 도움이 필요하다고 말하고 있소. 내 수염에 침을 뱉고 나를 걷어찬 당신이 내게 돈을 빌렸으면 좋겠다니, 내가 뭐라고 대답을 해야 좋을지……."

"나는 앞으로도 당신을 욕하고 큰소리치거나 발길질할지도 모르겠소. 그러니 돈을 빌려줄 거면, 친구라고 생각하지 말고 적이라고 생각하고 빌려주시오. 그래야 약속한 날짜를 넘겼을 경우 큰소리치면서 벌금을 받아낼 수 있을 테니까."

"아니, 무슨 그렇게 험악한 말을 하시오! 난 당신이 나에게 퍼부었던 모욕을 다 잊고, 한 푼의 이자도 받지 않고 돈을 빌려주려고 했는데……. 이렇게 친절하게 대하는데도 내 말은 들으려고도 하지 않는군요."

"아, 그렇소? 그렇다면 참으로 친절하시군요."

안토니오와 밧사니오는 예상 밖의 샤일록의 태도에 놀라 서로 마주 보았다. 두 사람을 번갈아 바라보던 샤일록이 계속 말했다.

"그렇소. 그렇다면 그 친절을 직접 보여주겠소. 당장 공증인 사무실로 함께 가서 차용 증서에 서명을 하도록 합시다. 아, 그리고 이건 뭐 농담이지만……. 당신이 빌린 금액을 제 날짜에 갚지 못할 경우에는, 약속을 어긴 대가로 당신 몸 가운데서 내가 원하는 부분의 살 1파운드를 베어내도 좋다는 내용을 넣는 것이 어떻겠소? 당신과 화해하고 싶다는 뜻에서 장난삼아 하는 이야기이니, 거절하지 않았으면 좋겠소."

"알겠소. 그 증서에 서명을 합시다. 그리고 유대인도 때로는 친절하다고 사람들에게 말해 주겠소."

밧사니오는 이 끔찍한 계약 조건을 내미는 샤일록의 말에 얼굴이 하얗게 질려 안토니오를 말렸다.

"그만둬, 안토니오. 도대체 이런 끔찍한 계약이 어디 있단 말인가! 나 때문에 그런 증서에 서명을 하면 안 돼. 그럴 바에는 곤란하더라도 차라리 지금 이 상태로 지내겠어."

"아니, 걱정 말게. 내가 약속을 어길 것 같은가? 계약 날짜가 되기 전에 이 증서에 쓰인 금액의 수십 배는 내 손에 들어오게 되어 있어."

샤일록은 두 사람을 곁눈질하며 중얼거렸다.

"오, 우리의 선조 아브라함이시여! 이들이 기독교인이라는 자들입니다. 자기네들끼리 너무 야박하게 흥정을 하니까 다른 사람의 마음까지 의심하려 들지요."

그리고 밧사니오를 향해 당치도 않은 이유를 내세워 따지듯 말했다.

"당신은 날 의심하는 거요? 설마 내가 사람의 살을 먹으려고 그러겠소? 설사 친구가 약속 날짜를 어겼다 하더라도 내게 무슨 이익이 돌아오겠소? 살 1파운드. 그것도 사람의 살덩어리는 전혀 가치가 없기 때문에 수입에도 보탬이 되지 않소. 다만 친구로서 사이좋게 지내고 싶은 뜻에서 이런 친절을 베푸는 것이오. 받아주신다면 그것으로 좋고, 그렇지 않다면 그만두시오.

어쨌든 모처럼의 우정을 이상하게 받아들이지 않았으면 좋겠소."

"그럼 좋소. 샤일록, 증서에 서명을 합시다."

애가 탔던 안토니오는 그 계약을 받아들이기로 했다.

"자, 그럼 잠시 뒤에 공증인 사무실에서 만납시다. 이 재미있는 증서에 대해 공증인에게 말하고, 증서를 직접 작성하고 계시오. 난 잠깐 돈을 가지러 갔다 올 테니. 가는 길에 집안 상황도 살펴보고, 곧 돌아오겠소."

샤일록은 부지런히 집 안으로 들어가 모습을 감추었다.

"저 유대인이 기독교로 옮길 생각인가? 상당히 친절을 베푸는걸."

안토니오가 웃으며 말했지만, 밧사니오는 그의 말에 동의할 수 없었다.

"나는 어쩐지 마음에 들지 않아. 정말 싫어. 겉으로는 저래도 속으로는 무슨 생각을 하고 있는지 모르겠단 말이지."

그러나 안토니오의 얼굴은 밝았다.

"걱정 말게. 내 배는 두 달 뒤면 돌아올 테니까."


꿈을 이루기 위해서는 현실과 싸우지 않으면 안 된다. 그렇듯이 밧사니오가 포오셔와의 결혼을 위해 샤일록을 상대하고 있는 동안 벨몬트에 있는 포오셔도 마음의 싸움을 하고 있었다.

벨몬트에 있는 포오셔의 집에서는 엄숙한 팡파르가 울려 퍼지고 있었고, 그곳에 도착한 모로코 왕이 시종들을 거느리고 아름다운 포오셔 앞으로 나아갔다.

"얼굴빛이 검다고 날 싫어하진 마시오. 왜냐하면 이 빛깔은 빛나는 태양이 입혀준 검은 옷이라오. 난 그만큼 태양과 가까운 곳에서 자랐소. 이 피부 밑에 흐르는 피는 북쪽 나라에서 자란 하얀 피부의 귀공자보다 훨씬 빨갛게 타오르는 사랑의 불빛과 같소. 우리나라에서는 아름다운 아가씨들도 이 얼굴을 사랑하지요. 그렇기 때문에 이 빛깔을 바꿀 생각은 없소. 물론 당신의 마음을 얻기 위해서라면 모르겠지만."

"아시다시피 제 운명은 상자 고르기로 결정되는 입장이기 때문에 저에게는 선택할 권리가 없습니다. 아버님의 유언을 따라야 하기 때문이죠."

포오셔는 왕의 모습과 행동이 썩 마음에 들지 않았지만, 내색하지 않고 정중하게 그를 대했다.

"세 개의 상자가 있는 곳으로 나를 안내해 주시오. 내 운명을 시험해 보겠소. 터키 왕의 군대를 세 번 물리치고 페르시아 왕을 쳐부순 이 초승달 모양의 긴 칼에 맹세하고, 당신을 아내로 맞이하기 위해서는 어떤 무시무시한 악마의 눈도 노려볼 수 있소. 그러나 만약 운명이 내 손을 들어주지 않는다면 평생을 슬퍼하며 불행하게 살다 죽게 될지도 모르겠소."

"정말이지 모든 것은 운에 맡기는 수밖에 없습니다. 걱정되신다면 지금이라도 그만두세요. 그렇지 않으면 잘못 골랐을 경우에 누구와도 결혼하지 않고 혼자 살겠다는 서약을 하셔야 합니다. 부디 신중하게 생각해 주십시오."

"두 번 다시 어느 누구에게도 결혼 신청은 하지 않겠소. 자, 안내해 주시오."

왕은 망설임 없이 말했다.

"그럼 먼저 교회로 가시지요. 점심 식사 후에 운을 시험해 보도록 하지요."

모로코 왕은 굳은 표정으로 고개를 들었다.

"고맙소. 내게 오로지 행운만이 함께하기를! 세상에서 가장 행복한 사람이 되든지, 아니면 가장 비참한 사람이 되든지 둘 중 하나일 테니까."

### 샤일록의 딸

점심때가 조금 지났을 무렵 샤일록의 집 하인인 런슬롯이 집에서 급히 뛰쳐나왔다. 런슬롯은 유대인 주인의 집에서 막 도망치려고 하는 중이었다. 그리고는 걸으면서 끊임없이 혼잣말을 중얼거렸다.

"아, 어떻게 하지? 양심과 악마는 언제나 내 마음속에서 서로 내 팔을 잡아 끌어당기고 있어. 양심이 하는 말을 들으면 난 주인 집에 있어야 하지만, 그 주인이라는 사람은 아무리 봐도 악마와 비슷하단 말이야. 그래, 난 도망갈 거야. 내 다리는 악마에게 맡기고 그 지독한 유대인의 집으로부터 도망가는 거야. 도망가라, 런슬롯 고보!"

바로 그때 저쪽에서 무거워 보이는 바구니를 옆에 끼고 이쪽저쪽으로 고개를 돌리며 한 노인이 다가오더니 런슬롯에게 말을 걸었다.

"거기 가는 젊은 양반, 잠깐 말 좀 물읍시다. 샤일록이라는 부자 유대교인 집으로 가려면 어느 쪽으로 가야 하는지 아시오?"

무심코 노인을 쳐다보던 런슬롯은 그 노인이 자신의 아버지라는 것을 알고 깜짝 놀랐다. 그러나 아버지는 늙어서 눈이 어두워졌기 때문에 자식의 얼굴을 알아보지 못하고 있었다.

천성적으로 쾌활한 성격의 런슬롯은 당황했지만, 곧 발동했던 장난기를 거두고는 노인에게 다가가 노인의 두 손을 꼭 잡았다.

"아버지, 절 똑똑히 보세요. 제가 런슬롯이에요."

고향 마을에서 아들이 일하는 주인집까지 선물을 들고 먼 길을 찾아온 노인은 앞에 있는 청년이 자신의 아들이란 걸 확인하고는 매우 기뻐했다.

"정말 내 아들이로구나! 그런데 어쩐지 좀 변한 것 같다. 수염도 너무 덥수룩하고……. 그래, 주인댁에서 잘 지내고 있겠지? 자, 여기 선물을 가지고 왔다."

"아버지, 사실 전 이제야 비로소 도망갈 결심을 했어요. 그 주인은 정말 지독한 사람이에요. 보시다시피 제가 이렇게 말랐잖아요. 그 선물은 밧사니오 님께 갖다 드리도록 해요. 이 세상을 다 뒤져봐도 그렇게 좋은 주인은 만날 수 없을 거예요. 아버지, 어서 저와 밧사니오 님께 인사하러 가요."

부자는 즉시 밧사니오를 찾아가 인사를 했다. 그 둘은 밧사니오를 주인으로 모시고 싶다느니, 선물이 산비둘기 고기라느니 등으로 번갈아가며 떠드느라 정신이 없었다.

"제가 주인님을 모실 수 있게 해주십시오."

"네, 그것이 바로 이렇게 찾아뵌 이유입니다."

한 사람씩만 이야기하라고 밧사니오가 얘기하자, 런슬롯이 먼저 이야기했고 노인이 옆에서 한마디 거들었다. 밧사니오는 그의 청을 받아들였다.

"실은 오늘 너의 주인 샤일록 영감과 이야기했는데, 그 사람이 너를 고용하라고 추천했다. 하긴 부잣집에서 이렇게 가난한 집으로 옮기는데, 추천이라고 말하는 것이 어떨지는 모르겠지만 말이다."

런슬롯은 특유의 농담 섞인 말투로 재치 있게 대답했다.

"신의 은총을 받으면 부자가 된다는 말이 있습니다. 주인님과 샤일록 영감은 그것을 솜씨 좋게 서로 나누어 가지셨지요. 샤일록 영감은 부자가 되었지만 신의 은총을 받은 것은 주인님 쪽이세요."

"하하, 말을 참 잘하는군. 자, 영감님. 아드님과 함께 전 주인에게 허락을 받고 나서 다시 제 집으로 오십시오."

일이 잘 해결되자, 런슬롯은 매우 기뻐하며 아버지와 함께 샤일록의 집으로 돌아갔다. 밧사니오는 하인인 리오나드에게 말했다.

"새로 들어온 그 아이에게 아주 화려한 옷을 입혀주어라. 그리고 물건을 사가지고 서둘러 돌아오너라. 오늘 저녁 식사 때는 귀한 손님들을 초대했으니까. 알겠지? 리오나드."

"네, 잘 알겠습니다."

리오나드가 나간 후 그라시아노가 밧사니오를 찾아와 말했다.

"밧사니오, 자네에게 부탁이 있네."

그라시아노가 어렵게 말을 꺼냈다.

"무슨 일인지 말해 보게."

"내 부탁을 거절하면 안 되네. 난 무슨 일이 있어도 자네를 따라 벨몬트로 갈 생각이네."

"그리하게. 그런데 같이 가는 건 좋지만, 모쪼록 자네의 예의 없는 행동은 삼가주게. 그렇지 않으면 자네 때문에 나까지 예의 없는 사람이 되어 버릴 테니까……. 그렇게 되면 내 희망은 사라지고 만다네."

"아, 그건 걱정 말게. 나도 예의바른 신사 역쯤은 잘 해낼 수 있으니. 그걸 하지 못한다면 앞으로 다신 날 믿지 않아도 좋아."

"그럼 어디 자네 솜씨를 한번 보기로 할까?"

"하지만 오늘 밤에는 안 돼. 오늘 밤의 태도로 앞으로의 일까지 짐작하는 건 곤란하네."

"그건 그렇군. 그래, 오늘 밤에는 그런 것에 상관없이 마음 놓고 즐기세. 다들 그럴 생각으로 올 테니 말이야."

두 사람은 고개를 끄덕이며 얘기를 끝낸 다음 서둘러 헤어졌다.

런슬롯은 샤일록의 집에서 샤일록의 딸 제시카에게 작별 인사를 하고 있었다.

그런데 나름대로 사정이 있던 제시카도 집에서 빠져나가려고 궁리하고 있던 중이었다.

"그래, 너도 역시 아버지를 버리고 가는구나. 그렇다고 너를 탓할 수는 없지. 내게도 이 집은 지옥인걸. 지금까지는 쾌활한 네가 있어준 덕분에 마음의 위로가 되었는데……. 안녕. 이 1더컷을 너에게 줄게. 아, 그리고 런슬롯. 너도 저녁 식사 때는 로렌조 님을 만나겠지? 그분도 너의 새 주인에게 초대를 받았으니 말이야. 그러니 그분을 만나게 되면 이 편지를 아무도 모르게 살짝 전해다오. 자, 이제 가봐. 너와 이야기하고 있는 것을 아버지가 보시면 야단날 거야."

"아가씨, 안녕히 계세요! 아가씨는 같은 유대교인이라도 주인님과는 전혀 달라요. 아주 친절하고 마음씨가 고운 분이세요. 아가씨가 기독교인이 아니더라도 그건 아무런 문제가 안 돼요. 어쨌든 기독교인이 아가씨를 아내로 맞이할 테니까요."

런슬롯은 제시카에게 마지막 인사를 하고 방을 나갔다. 제시카는 런슬롯이 나간 방문을 바라보며 가만히 중얼거렸다.

"아, 이 얼마나 큰 죄를 짓는 일인가. 아버지의 자식인 것을 부끄러워하다니……. 그러나 난 분명히 아버지의 피를 이어받았지만 마음까지는 닮지 않았어. 오, 로렌조. 당신이 약속을 지켜주신다면, 난 이 고통으로부터 벗어나 기독교로 개종하고 당신의 좋은 아내가 되겠어요."

그때 거리 한 모퉁이에서는 밧사니오의 친구들이 저녁 식사

모임에 대해 의논하고 있었다.

그곳을 지나던 런슬롯이 로렌조를 발견하고 제시카로부터 부탁받은 편지를 내밀었다.

로렌조는 고마움의 표시로 런슬롯에게 돈을 주었고, 제시카에게 약속대로 반드시 가겠다는 말을 전해 달라고 했다.

런슬롯은 전 주인인 샤일록에게 지금의 새 주인인 밧사니오의 저녁 초대 소식을 전하러 급히 사라졌다.

그런 런슬롯의 뒷모습을 지켜보면서, 그들도 의논을 끝내고 가장무도회를 겸한 저녁 식사 모임에 가기 위해 바쁘게 움직였다.

그때 그라시아노가 로렌조에게 물었다.

"그 편지, 제시카에게서 온 거지?"

"그래. 자네에게는 모든 것을 이야기해 두지 않으면 안 되겠지. 실은 어떻게 그녀를 그 집에서 데리고 나올지, 돈과 보석은 어느 정도 가지고 나오면 좋을지, 그리고 소년의 모습으로 변장해야 하는데 준비는 잘 되어가고 있는지 등을 확인하고 준비해야 할 일이 적지 않아. 만약 그 샤일록이란 자가 천국에 가게 된다면, 그건 틀림없이 그 착한 딸 제시카 덕분일 거야. 난 제시카를 내 시종으로 꾸며서 베니스를 빠져나가려고 하네."

두 사람은 이야기를 하면서 그곳을 떠났다.

한편 런슬롯에게서 초대 소식을 전해들은 샤일록은 기분 나쁜 표정을 지었다.

"네 눈으로 똑똑히 보는 게 좋을 거다. 여기 있는 나와 밧사니오 중에 어느 쪽이 더 훌륭한 주인인지……."

그리고 큰 소리로 제시카를 불렀다.

"부르셨어요? 아버지, 무슨 일이세요?"

"난 지금 저녁 식사에 초대를 받았다. 자, 열쇠를 가지고 있어라. 그런데 어째서 내가 가야만 한단 말이냐? 진심으로 초대하고 싶어서가 아니라, 보나마나 내 비위를 맞추려고 초대하는 것이겠지. 흥, 그렇지만 미우니까 가주는 거야. 가서 그 사치스러운 기독교인의 음식을 실컷 먹어야겠다. 아, 제시카. 조심해야 한다. 어젯밤 꿈 때문에 아무래도 예감이 좋지 않아. 하지만 뭐…괜찮겠지."

머뭇거리면서 중얼거리는 샤일록을 재촉하며 런슬롯이 말했다.

"어서 가세요. 가장무도회도 있다니까요!"

"뭐? 가장무도회? 아무튼 제시카, 문을 전부 잠가놓아라. 바깥의 쓸데없는 소란에 정신을 빼앗겨서는 안 된다. 가고 싶지는 않지만 그래도 가야겠지. 런슬롯, 너는 한 발 앞서 가서, 내가 가겠다는 것을 말해 두어라."

"네, 알겠습니다."

런슬롯은 샤일록의 말에 대답하고는 목소리를 낮추어서 제시카에게 말했다.

"아가씨, 걱정 마세요. 창밖을 내다보세요. 이따가 기독교인이 지나갈 거예요. 아가씨의 마음에 꼭 드는 신사가 말이에요. 그럼 저는 이만······."

샤일록은 그런 런슬롯이 거슬렸는지 제시카에게 물었다.

"저 바보 같은 녀석이 무슨 말을 했냐?"

"안녕히 계시라고 인사했을 뿐이에요."

"그래? 멍청한 녀석. 저 녀석은 다 좋은데 너무 먹어서 탈이지. 게다가 일은 느릿느릿, 제대로 하지도 못 하면서 낮잠만 많이 잔단 말이야. 그래서 저 녀석을 그만두게 한 거야. 밧사니오의 재산을 축내라고. 아, 제시카. 이제 집으로 들어가거라. 곧 돌아올 테니까, 내가 말한 대로 문단속을 잘하거라."

샤일록이 집 밖으로 나가자, 제시카가 중얼거렸다.

"안녕히 계세요. 제 운명에 장애물이 생기지 않는 한 저는 아버지를, 아버지는 딸을 잃어버리게 될 거예요."

잠시 후, 제시카는 창밖에서 들려오는 로렌조의 목소리를 들었다. 소년 시종으로 꾸미고서 기다리던 제시카가 이층에서 말했다.

"누구세요? 대답해 보세요. 누구신지 알고는 있지만, 그래도 다시 한 번."

"로렌조요, 당신의 연인."

"오, 나의 연인이로군요. 아……. 이 상자를 받으세요."

제시카가 미리 준비해 놓은 상자를 창밖으로 던지자, 로렌조가 재촉했다.

"어서 내려와요. 그리고 등불을 들고 내 앞에 서는 거요."

"등불을요? 변장한 모습을 보이지 않으면 안 되나요? 어둠 속에서도 부끄러워 몸이 움츠러들 정도인데……."

"밤의 어둠은 곧 사라질 거요. 당신은 아름다운 소년이오. 어서 내려오시오. 밧사니오의 집에서 다들 우리를 기다리고 있소."

"그럼 문단속을 한 다음 돈을 좀 더 가지고 곧 내려가겠어요."

제시카가 창문에서 사라지자, 함께 와 있던 그라시아노가 속삭였다.

"정말 마음씨가 고운 아가씨로군. 유대교인이라고는 전혀 생각되지 않는걸."

"그렇고말고. 난 진심으로 그녀를 사랑해. 그녀는 정말 지혜롭고 아름답고 진실한 마음씨를 가졌지. 아, 그녀가 왔군. 자, 가세. 무도회에서 친구들이 우릴 기다리고 있을 거야."

로렌조가 흥분에 들떠 있을 때, 빠른 걸음으로 안토니오가 다가왔다.

"그라시아노! 다른 친구들은 어떻게 됐지? 벌써 아홉 시야. 모두 기다리고 있어. 오늘밤의 가장무도회는 취소됐다네. 바람의 풍향이 순풍으로 바뀌어, 밧사니오가 급히 떠나기로 했네. 사람들을 내보내서 자네를 찾고 있었어."

그들은 자신들의 계획이 취소되자 조금 서운했지만, 곧바로 밧사니오의 행운을 진심으로 빌어주었다.

### 운명의 상자

벨몬트의 포오셔네 집에서는 모로코 왕의 상자 고르기가 시작되고 있었다.

모로코 왕이 음악과 함께 시종들을 거느리고 나아가자, 포오셔의 명령에 따라 객실 구석의 커튼이 활짝 젖혀졌다.

그러자 높은 받침대 위에 놓여 있는 세 개의 상자가 나타났다.

"자, 이제 고르세요."

포오셔의 말이 끝나자마자 모로코 왕은 첫 번째 상자인 금 상자로 다가갔다. 그리고 상자에 새겨진 글을 읽었다.

"나를 택하는 자는 세상의 많은 사람들이 바라는 것을 얻을 것이다."

다음으로, 두 번째인 은 상자에 새겨진 글을 읽었다.

"나를 택하는 자는 그 신분에 어울리는 것을 얻을 것이다."

그리고 마지막 세 번째 상자인 납 상자에는 이렇게 새겨져 있었다.

"나를 택하는 자는 가진 것 모두를 운명에 걸어야 한다."

세 개의 상자에 쓰인 글을 다 읽은 왕은 어쩐지 납 상자에 새겨진 말이 기분 나쁘게 느껴졌다. 그러나 내색하지 않고 뒤를 돌아보며 포오셔에게 물었다.

"그런데 상자를 고르면 그 상자가 맞았는지 안 맞았는지를 어떻게 알 수 있소?"

"세 개 중 한 상자에는 제 초상화가 들어 있습니다. 그걸 고르시면 저와 결혼하시는 겁니다."

모로코 왕은 고개를 끄덕이고, 신의 도움을 바라는 심정으로 납 상자부터 다시 한 번 차근차근 읽기 시작했다.

"내가 가진 것 모두를 운명에 걸어야 한다? 무엇을 위해서 운명에 걸라는 거지? 이렇게 보잘것없고 가치 없는 금속 따위에 어떻게 모든 걸 걸 수 있단 말인가? 단돈 한 푼도 걸 수 없지. 그렇다면 이 깨끗한 은 상자는……. 그 신분에 어울리는 것을 얻을 것이라고? 하지만 분명히 내 가치를 따질 때 부족함은 없다.

그렇다면 이 아가씨를 얻을 만큼 충분한가? 아니, 이런 망설임이야말로 스스로 가치를 떨어뜨리는 것이 된다. 그럼 마지막 금 상자는……. 세상의 많은 사람들이 바라는 것을 얻을 것이라고? 오, 이것이야말로 확실해. 온 세상이 그녀를 바라고 있어. 넓은 세상에서 이렇게 수많은 사람들이 몰려들고 있다. 그녀 때문에 조용한 벨몬트의 대지도 왕과 귀족들의 방문으로 인해 지금은 마치 큰 도시의 번화가 같다.

자, 드디어 선택해야 한다. 이중 하나에 그녀의 초상화가 들어 있다니……. 도대체 이런 시시한 납 상자 속에 들어 있으리라고는 생각할 수 없다. 그렇다고 황금의 10분의 1 값어치밖에 안 되는 은 상자 속에도 들어 있을 리가 없어."

한참을 생각하며 고민하던 모로코 왕이 드디어 소리쳤다.

"포오셔 양, 열쇠를 주시오. 결과가 어떻게 되든, 나는 이 금 상자를 택하겠소."

"그럼 이걸 받으세요. 만약 그 안에 제 초상화가 있다면 저는 폐하의 아내입니다."

포오셔에게서 열쇠를 받아들고 금 상자를 열어본 모로코 왕은 깜짝 놀라 쓰러질 뻔했다.

"앗! 이게 어떻게 된 거지? 바싹 말라빠진 해골이잖아! 속이 텅 빈 눈 속에 무슨 쪽지가……. 어디 읽어보자."

모로코 왕이 서둘러 빼낸 쪽지에는 이렇게 적혀 있었다.

빛나는 것이 반드시 황금인 것만은 아니다.
우리를 유혹하는 것은 셀 수 없이 많고
금빛 무덤도 그 속은 구더기 소굴.
그렇다면 그대의 희망은 사라져 버렸네.

"그래, 이제 희망은 사라져 버렸어. 이젠 느긋하게 작별 인사를 할 힘도 없구려. 잘 있으시오, 포오셔 양."
모로코 왕은 작은 목소리로 겨우 작별 인사를 하고 떠나갔다.
포오셔는 커튼을 내리게 하고 안도의 한숨을 내쉬었다.

그 다음 날, 베니스에서는 밧사니오가 떠난 항구에서 살레리오와 솔레이니오가 속삭이듯 이야기를 나누고 있었다.
"틀림없이 내 눈으로 밧사니오의 배가 떠나는 것을 확인했어. 그곳엔 그라시아노도 함께였지. 하지만 로렌조는 보지 못했는걸."
"그 샤일록 영감이 소리소리 지르며 공작님께 갔지. 그래서 공작님도 같이 밧사니오의 배를 찾으러 부두로 나가셨다니까."
"하지만 때는 이미 늦었어. 배가 이미 떠나 버린 뒤였지. 그리고 안토니오는 그 연인들이 밧사니오의 배에 타지 않았다고 딱 잘라 말했어."

"그 지독한 영감이 미친 듯이 돌아다니며 울부짖고 있어. 그렇게 험악한 말은 이제껏 들어본 적이 없을 정도야. 자기 딸이 기독교인과 도망쳐 버렸다면서, 돈이며 보석 따위를 다 훔쳐갔기 때문에 재판을 해야 한다고 말이야."

"베니스의 모든 아이들이 그 영감 흉내를 내면서 시끄럽게 떠들며 돌아다닌다면서? 하하하! 아, 그런데 안토니오도 조심하지 않으면 안 되겠어. 전의 그 차용 증서 말인데, 날짜를 지키지 않으면 큰일을 당할지도 몰라."

살레리오는 갑자기 어제 들은 이야기가 생각났다.

"그러니깐 생각이 나는군. 어제 어떤 프랑스 사람에게 들은 이야긴데, 도버 해협에서 짐을 가득 실은 배 한 척이 난파당했다는군. 그 말을 듣는 순간, 혹시 안토니오의 배가 아닐까 하는 생각이 들었어. 물론 그렇지 않으면 다행이지만."

"안토니오에게 이야기해 주는 게 좋겠어. 하지만 무턱대고 이야기하지는 말게. 걱정할 테니까."

"그래. 그 친구는 정말 밧사니오의 진실한 친구라고. 그런데 그런 친구를 걱정시키는 것은 정말 괴로운 일이지. 어제 밧사니오와 헤어지는 모습을 보았는데, 밧사니오가 빨리 돌아오겠다고 하자 안토니오는 상관 말고 자신의 사랑을 충분히 전하고 오라고 하더군. 성공하고 오라고 말이야. 이별의 악수를 나누는 안토니오의 눈에는 눈물이 고여 있더라고."

"밧사니오가 안토니오는 자기 삶의 보람이라고 이야기했었지. 자, 어서 가서 안토니오의 기분을 풀어주자고."

진정한 우정은 자신은 물론이고 주위에도 말없이 전해져 다른 사람들까지도 기쁘게 해주는 것 같다.

두 사람은 안토니오를 찾아 나섰다.

한편, 모로코 왕을 배웅한 포오셔는 또 다음 사람을 위해 세 개의 상자를 정리하고 있었다.

실패했을 경우 평생 다른 여자에게 청혼하지 않는다는 서약을 마친 애러곤 왕이 악사가 연주하는 소리에 맞추어 시종들을 거느리고 나타났다.

이번에도 모로코 왕과 마찬가지로 납 상자는 좋지 않게 비추어진 것 같았다.

애러곤 왕이 얼굴을 찡그리며 말했다.

"가진 것 모두를 운명에 걸어야 한다고? 그러면 납 상자 너는 더욱 아름다워지지 않으면 안 되겠구나. 금 상자는 뭐라고 했지? 세상의 많은 사람들이 바라는 것을 얻는다……. 그런데 많은 사람들이라니? 그건 필히 어리석은 백성들을 말하는 건지도 모른다. 그렇다면 남은 것은 오직 하나 은 상자뿐! 그래……. 신분에 어울리는 것! 맞아, 나에게 어울리는 것이 이 아름다운 포오셔 아가씨가 아니더냐. 자, 이제 열쇠를 주시오. 난 내게 알맞은 것을 선택하겠소."

포오셔는 은 상자의 열쇠를 건네주었다. 열쇠를 받아 은 상자를 연 애러곤 왕은 자기도 모르게 소리쳤다.

"이게 뭐지? 바보가 눈짓을 하면서 무엇인가 씌어 있는 종이를 내밀고 있는 그림이다. 포오셔 아가씨와는 전혀 다른 바보가 나에게 어울린다는 말인가?"

종이쪽지에는 이렇게 씌어 있었다.

은 가면에 키스하는 바보들,
세상에는 흔하지.
나도 그들 중 하나.
그대가 결혼하면 바로 이럴 것이오.
그럼 이제 그대의 연극도 끝났소.
어서 이곳을 떠나시오.

쪽지의 내용을 읽고 난 애러곤 왕이 힘없이 말했다.

"내가 여기 오래 있을 필요가 없겠소. 우물쭈물하면 할수록 바보처럼 보이기만 할 뿐……. 그럼 아름다운 포오셔 아가씨여, 안녕. 서약을 했으니 괴로움도 참아야겠지."

또 한 사람의 실패자를 보낸 뒤, 포오셔는 네릿서에게 속삭였다.

"모두들 지혜로운 사람인 척 뽐내다 잘못 고르고 마는구나. 어쩌면 그게 그들에게 맞는 선택이었을지도 모르지."

"옛말이 틀린 게 하나도 없다니까요. 죽음과 결혼은 자기 마음대로 되지 않는다고 하잖아요."

"커튼을 내리거라, 네릿서."

네릿서의 위로에도 포오셔의 기분은 쉽게 풀리지 않았다.

바로 그때 하인이 들어왔다.

"아가씨, 지금 대문 앞에 베니스에서 오신 젊은 분이 말에서 내리고 계십니다. 그분은 주인의 방문을 미리 알리러 왔다고 하셨습니다. 그분이 가지고 오신 물건이며 말투……. 저는 그렇게 멋지고 훌륭한 분은 처음 보았습니다. 틀림없이 그분의 주인은 더욱더 멋진 분이실 것 같습니다."

하인의 말을 듣고, 지쳐 있던 포오셔는 마음이 움직였는지 빨리 그를 만나고 싶다며 네릿서를 재촉했다.

"아, 밧사니오 님일지도 몰라. 제발, 사랑의 신이시여. 부디 은총을 내리소서."

네릿서는 기대에 부풀어 조용히 중얼거리면서 방을 나섰다.

## 불안하고 황당한 소문

베니스의 거래소에는 난파선에 대한 소문이 퍼져 있었다. 해협에서 난파당한 것은 역시 안토니오의 배인 것 같았다.

솔레이니오와 살레리오는 안토니오가 큰 손해를 봤다는 사실을 인정하면서, 이것을 마지막으로 더 이상 나쁜 일이 일어나지 않았으면 좋겠다고 걱정하고 있었다.

그때, 샤일록이 화난 얼굴로 두 사람에게 다가왔다.

"네놈들이 잘도 눈감아주었겠지! 내 딸이 도망치는 걸 알고 있었으면서 말이야!"

"물론 알고 있었지만……. 그저 다 자란 작은 새가 날개를 달고 새장을 떠난 것뿐인데, 도망이라니요. 영감님도 자신의 작은 새에게 날개가 생겼다는 사실쯤은 당연히 알고 있지 않았습니까?"

샤일록의 마음은 몹시 복잡했다. 딸에게 배신당한 일은 돈 이상의 큰 문제였다.

그런데 거기에다 또 안토니오의 배에 관한 소문까지 겹쳐, 쌓이는 화가 더더욱 커져만 갔다.

"그것 봐라. 분수도 모르는 사치스런 놈 같으니라고! 돈도 없으면서 그렇게 거만하게 굴더니 이젠 얼굴도 못 내밀 거야. 직접 작성한 그 증서를 똑똑히 기억하라고! 그 녀석은 날 고리대금업자라면서 헐뜯었지. 공짜로 돈도 잘 빌려주었겠다, 이젠 어떻게 되나 보자. 증서를 잊지 말라고!"

샤일록은 화가 나서 어쩔 줄 몰라 하며 씩씩거리면서 말했지만, 사실 속으로는 안토니오를 없앨 생각에 흐뭇해 했다. 심지어는 안토니오의 심장을 도려내어 죽이고 나면, 베니스에서 아무런 방해도 받지 않고 장사를 할 수 있다고 생각하니 춤이라도 덩실덩실 추고 싶을 지경이었다.

"그렇지만 만약 약속한 날이 지나도록 돈을 못 갚아도, 설마 안토니오의 살을 진짜로 베어내지는 않겠죠? 아무런 쓸모도 없을 테니까."

살레리오가 조심스럽게 묻자, 샤일록이 기세 좋게 대답했다.

"쓸모가 없긴? 원한을 푸는 데는 쓸모가 있지. 내가 손해를 보면 무시하면서 좋아하고, 돈을 벌면 돈을 번다고 실컷 욕을 늘어놓지 않았나. 도대체 무엇 때문에 날 그렇게 생각하는 거지? 그건 바로 내가 유대교인이기 때문이겠지. 그렇다면 유대교인들에게는 눈이나 귀나 입도 없고, 손과 발도 없단 말인가? 우리도 역시 먹고 마시기도 하고 병에도 걸려. 겨울에는 추워하고 여름에는 더워하지. 모든 것이 자네들 기독교인과 똑같지 않은가? 그런데도 아무리 심하게 대해도 복수를 하지 않는다고 이야기해야 하는 건가? 모든 것이 같다면 그 점도 다르지는 않겠지.

만약 기독교인이 유대교인에게 지독한 일을 당하면 어떤 자비를 베풀겠나? 그건 복수지. 복수밖에 없다고. 만약 유대교인이 기독교인에게 모욕을 당하면 그걸 어떻게 참고 견디라는 말인가? 그때도 역시 복수지. 나는 절대로 그냥 넘어가지 않을 테다."

샤일록이 흥분하여 어쩔 줄 모르고 있는데, 안토니오가 보낸 심부름꾼이 두 사람을 부르러 왔다.

살레리오와 솔레이니오가 가고 난 후 샤일록의 친구인 튜우발이 오자, 샤일록이 성급하게 말을 걸었다.

"오, 튜우발! 제노바에서 무슨 소식이라도 있었나? 내 딸은 찾았는가?"

"자네 딸에 관한 소문은 여러 가지 들었는데, 찾지는 못 했네."

"그래, 그게 글쎄 그렇다는군! 다이아몬드도 없어졌어! 프랑크푸르트에서 2천 더컷이나 주고 산 그 다이아몬드 말이야! 이제까지 이런 재난은 없었네. 그건 무려 2천 더컷이나 한다고. 그밖에도 값비싼 보석들도 없어졌지. 내 딸이 내 눈앞에서 쓰러지는 걸 봤으면 좋겠어. 그 보석들을 몸에 걸친 채 말일세! 그것들을 찾는 데 돈을 얼마나 많이 썼는지 몰라. 손해가 이만저만 아니란 말이지. 도대체 되는 일이 하나도 없군!"

샤일록은 여전히 흥분을 가라앉히지 못한 채 떠들었다.

"아닐세. 자네보다 되는 일이 없는 인간이 따로 있네. 제노바에서 들은 이야기인데, 안토니오도……."

"아니! 뭐?"

갑자기 샤일록의 눈이 크게 떠지더니, 튜우발에게 다시 물었다.

"안토니오의 배 한 척이 또 난파당했다는군. 트리폴리에서 돌아오는 길에."

"고맙네, 고마워! 그 말 정말이지?"

"그 배에 타고 있다가 간신히 살아 돌아왔다는 선원에게 들었네."

"고맙네, 튜우발. 이건 정말 기쁜 소식이군! 기쁜 소식!"

샤일록은 방금 전과는 전혀 다른 표정으로 튜우발을 보며 큰 소리로 말했다.

튜우발은 제시카의 소식도 전했는데, 제노바에서는 제시카가 하룻밤에 80더컷이나 낭비하며 다닌다고 했다. 게다가 돈만 낭비하는 것이 아니라 애완용 원숭이 한 마리와 귀한 터키석 반지를 바꾸기도 한다고 했다. 튜우발은 그걸 바꾼 남자가 자랑하면서 보여주는 것도 보았다고 했다.

"이럴 수가……. 정말 못 참겠군. 튜우발, 그 터키석 반지는 내가 정말 소중히 여기던 거야. 세상을 떠난 아내 리어에게 결혼 전에 선물 받은 거라네. 그까짓 원숭이 따윌 수천 마리 준다고 해도 절대로 바꿀 수는 없는 일일세."

튜우발이 전해 주는 제시카의 이야기에 샤일록은 점점 더 화가 났다. 그러자 그 모습에 놀란 튜우발이 얼른 화제를 바꿨다.

"그런데 말이야, 안토니오의 인생도 이제 끝이겠군."

그 말을 듣고 샤일록은 다시 마음을 가라앉히며 말했다.

"암, 그렇고말고. 튜우발, 자네가 관리들에게 돈을 좀 주고 오게나. 약속 날짜까지는 아직 2주일이나 남았지만, 미리 부탁해 두는 걸세. 바로 그날이 오면 그놈의 심장을 도려내 주겠어. 그놈만 베니스에 없다면, 어떤 장사도 내 마음대로 할 수 있으니까 말이야. 자, 어서 갔다 오게. 나중에 예배당에서 만나세, 튜우발."

### 사랑의 맹세

벨몬트에서는 세 번째 사람의 상자 고르기가 막 시작되려 하고 있었다. 포오셔는 세 번째 사람의 상자 고르기에서는 이제까지와 달리 몹시 걱정스럽고 불안한 기분이 들었다.

방문 소식을 미리 알리러 온 사람은 그라시아노였고, 그 주인은 포오셔가 한 번 본 것만으로도 잊을 수 없는 바로 그 베니스의 청년 밧사니오였던 것이다.

밧사니오는 즉시 상자 고르기를 원했으나, 포오셔는 그가 실패할까 두려웠기 때문에 밧사니오의 생각을 바꾸게 하려고 열심히 노력했다.

"부디 제 말을 좀 들어주세요. 하루나 이틀, 아니 한 달이나 두 달 정도 묵으신 후에 천천히 고르시면 안 될까요? 어느 상자를 고르면 될지 가르쳐드릴 수도 있겠지만, 그렇게 하면 아버지와의 약속을 어기는 일이 됩니다. 오, 세상이란 정말 무정하기도 하지. 제가 가진 상자 하나조차도 마음대로 할 수가 없다니……. 운명의 신이야말로 지옥에나 갔으면 좋겠군요! 어머나, 제가 품위 없는 말을 하고 말았어요. 하지만 이것도 오직 시간을 끌어 당신을 붙잡아두고 싶은 마음에서……."

밧사니오는 포오셔의 말을 가로막았다.

"아니오, 제발 어서 상자를 고르게 해주시오. 이대로 있는 것은 마치 심한 고문을 받고 있는 것과 다름없소."

"아니, 무슨 죄를 지으셨나요? 고문이라니요? 그렇다면 고백하세요."

포오셔는 두 눈을 크게 뜨며 물었다.

"고백하지요. 그 대신 내 목숨을 구해 주시오."

"목숨을 구해 드리겠으니, 어서 말씀하세요."

"내가 고백할 것은 당신을 사랑한다는 것이오. 이게 내 죄의 전부요. 자, 이제 내 운명을 시험하게 해주시오. 세 개의 상자가 있는 곳으로 어서 안내해 주시오."

포오셔는 밧사니오의 희망에 따르기로 했다.

"그럼 저쪽으로 가시죠. 그곳에 나란히 있는 세 개의 상자 중 하나에는 제 초상화가 들어 있습니다. 만약 저를 사랑하신다면 틀림없이 그 상자를 선택하실 거예요.

네릿서, 모두들 나가 있어. 그리고 상자를 고르는 동안 음악이 흐르게 해라. 혹시 실패했을 때는 백조의 마지막 노래, 아니야. 분명 맞는 상자를 고르실 거야. 그때의 음악은 왕을 맞이할 때의 화려한 팡파르로. …아, 나가시는구나. 훌륭한 모습으로! 제 가슴은 얼마나 떨리는지 모른답니다."

음악이 흘러나왔고, 밧사니오는 상자 앞에 서서 깊은 생각에 잠겼다.

흘러나오는 음악에 맞추어 누군가가 노래를 불렀다.

변덕스러운 마음은 어디에서 생기나

가슴속에서? 머릿속에서?
어떻게 생겨나 어떻게 자라는지
들려줘요, 그 대답을…….

밧사니오는 잠시 노랫소리를 멀리하고 생각했다.
'세상에는 언제나 겉모습이 사람의 마음을 끄는 법이지. 하지만 번쩍이며 우리 눈길을 끄는 금이나 깨끗하게 겉을 꾸민 은도 내 마음을 끌지 못한다. 잘 포장된 겉모습은 진실을 감추는 경우가 많아. 그렇지만 초라한 납이여, 너는 희망이 있는 곳을 넌지시 알리려고도 하지 않고 도리어 사람들을 밀어내고 있구나. 꾸밈없는 말이 그 어떤 웅변보다도 내게 강하게 밀해 주고 있다. 이걸 고르자. 부디 좋은 결과가 나오기를!'
밧사니오가 납 상자를 선택하는 그 순간, 그 모습을 지켜보고 있던 포오셔는 하늘로 뛰어오를 것 같은 기쁨을 간신히 억눌렀다.
밧사니오는 떨리는 손으로 납 상자를 열었다.
"오오, 아름다운 포오셔의 초상화!"
상자 속에 함께 들어 있던 종이에는 이렇게 적혀 있었다.

겉모습에 끌리지 않고
마음으로 선택한 그대는 현명하도다.

행운이 있으리라.
사랑하는 여인 앞에 서서
입을 맞추고 아내로 맞이하라.

 종이에 적힌 축복의 말대로 밧사니오는 포오셔에게 영원한 사랑을 맹세했다.
 "이게 정말인가요? 난 지금 꿈을 꾸고 있는 것 같소. 당신이 그렇다고 확실히 인정해 주기 전까지는 믿을 수 없을 것 같소."
 포오셔 역시 기쁨에 찬 얼굴로 말했다.
 "밧사니오 님, 보시다시피 저는 그저 평범한 사람입니다. 그렇지만 당신을 위해서라면, 인품도 아름다움도 재산도 친구도 모두 최고로 갖추고 싶습니다. 물론 가장 행복한 것은 당신을 제 남편으로 받들어 저의 모든 것을 당신의 뜻에 맡기는 일입니다. 저는 이제 당신의 아내예요. 지금까지 저는 이 집의 주인, 하인들의 주인, 제 자신의 주인이었지만 이제부터는 이 집도, 하인들도, 저도 당신이 주인입니다. 그 증표로 이 반지를 드리겠어요. 이 반지는 앞으로 절대로 손에서 빼놓으시면 안 됩니다. 만약 잃어버리거나 남에게 주시거나 한다면, 그건 당신의 사랑이 식은 증거라고 생각하겠습니다. 그리고 그땐 가만히 있지 않을 거예요."

"난 더 이상 아무 말도 할 수가 없소. 당신에게 받은 이 반지가 내 손을 떠나는 날은 나의 이 생명이 다하는 날일 거요."

그때, 네릿서와 그라시아노가 안으로 들어왔다.

"축하드립니다. 저희들도 너무 기뻐요!"

"그토록 바라던 자네의 소망이 이루어졌으니, 이젠 내 소망도 이루어질 차례군."

그라시아노는 자기도 밧사니오와 함께 결혼식을 올리고 싶다고 이야기했다.

"사실은 나도 밧사니오 자네 못지않게 실력이 뛰어난 편이라네. 자네가 포오셔 아가씨의 사랑을 얻는 동안 난 네릿서의 승낙을 받았지."

네 사람은 경사가 겹쳤다고 기뻐하고 있었다. 그때, 또 한 쌍의 연인이 나타났다. 샤일록의 딸 제시카와 그녀의 연인 로렌조가 살레리오와 함께 온 것이었다.

살레리오는 밧사니오에게 안토니오가 보낸 편지를 내밀었다.

안토니오의 편지를 펼쳐 읽은 밧사니오의 얼굴이 하얗게 질리기 시작했다.

그 모습을 본 포오셔는 뭔가 나쁜 소식이라는 것을 알아차리고 마음을 졸였다.

편지를 다 읽고 난 밧사니오는 포오셔에게 모든 것을 솔직하게 이야기하기 시작했다.

포오셔에게 구혼할 때 자신에게 재산이 없는 것은 물론이고, 빚까지 진 처지라는 말을 했다. 그래서 친구에게 돈을 빌렸는데, 그 돈은 친구가 목숨을 걸고 다른 사람에게서 빌려서 준 것이라고 이야기했다.

"아, 이 편지의 글귀 하나하나가 마치 생생한 상처에서 피를 흘리고 있는 것같이 보이네. 그런데 이게 사실이란 말인가? 살레리오, 정말 안토니오의 배가 한 척도 남김없이 파손되었나? 트리폴리에서도, 멕시코에서도, 영국과 리스본, 인도에서도……. 전부 암초에 부딪혀 산산이 부서져 버렸다고?"

밧사니오가 믿기지 않는다는 듯, 편지를 가지고 온 살레리오에게 물었다.

"그래. 한 척도 남김없이 파손되었다네. 게다가 약속 날짜가 지난 이상, 갚을 돈이 있다고 해도 그 지독한 유대교인 놈이 받으려고도 하지 않을 거야. 이미 재판소에 소송을 걸었네. 법률대로 재판을 해주지 않으면 베니스에는 자유 따위는 없는 것이라고 공작님을 위협하고 있네."

빚진 돈이 3천 더컷이라는 소리를 듣고, 포오셔는 겨우 그것뿐이냐면서 그 두 배인 6천 더컷, 아니 세 배라도 지불할 테니 그 끔찍한 차용 증서를 없애자고 했다.

그러나 편지의 사연은 더욱 절박한 것이었다.

…밧사니오, 내 전 재산인 배들이 모두 난파당하고 말았다네. 채권자는 날이 갈수록 더욱 매정하게 대하고, 이젠 도망갈 수도 없어. 그 유대교인과 약속한 기한이 다 되었네. 증서대로 처리하면 물론 나는 죽게 되겠지. 그리고 그렇게 되면, 자네와 샤일록과의 금전 관계는 깨끗하게 정리되는 것이네.

다만 죽기 전에 단 한 번만이라도 자네를 만나고 싶어. 하지만 그것도 자네 형편 닿는 대로 하게나. 자네가 와주면 기쁘겠지만, 그렇지 못할 경우에는 이 편지에 담긴 사연들을 잊어주게.

포오셔는 곧바로 베니스로 출발하라고 밧사니오를 재촉했다. 밧사니오는 빨리 돌아올 것을 약속하고, 그라시아노와 함께 떠났다.

그 모습을 지켜보며 재빨리 생각을 짜낸 포오셔가 로렌조에게 자신의 계획을 이야기했다.

"친구는 서로가 닮은 데가 있다고 하더군요. 그 안토니오라는 분도 틀림없이 제 남편처럼 훌륭한 분이겠지요. 그런 분을 죽음의 고통에서 구하기 위해서라면 전 어떤 희생을 치르더라도 괜찮습니다.

"로렌조, 부탁이 하나 있어요. 제 남편이 돌아올 때까지 이 집의 모든 관리를 맡아주셨으면 합니다. 실은 제가 하느님께 맹세했거든요. 당분간 네릿서하고 기도 생활을 하겠다고요. 여기서 2마일쯤 떨어진 곳에 수도원이 있는데, 두 분이 돌아오실 때까지 그곳에서 꼼짝 않고 기도만 하면서 지낼 생각입니다. 그러니 부디 거절하지 마시고 제 부탁을 들어주십시오. 이것은 당신을 믿고 간절히 부탁드리는 것입니다. 이 집에 있는 사람들은 모두 제 마음을 이해하고 있습니다. 당신과 제시카를 저와 제 남편으로 생각하고 잘 받들어 모실 것입니다."

포오셔는 그리고 나서 하인을 불러 남몰래 편지 한 통을 파듀어에 사는 사촌인 법학박사 벨라리오 앞으로 보냈다.

벨라리오 박사에게 부탁해서, 베니스로 가는 배가 있는 항구로 필요한 서류와 옷을 급히 가지고 오도록 할 계획이었다.

꼭 필요한 일을 처리한 뒤, 포오셔는 네릿서를 데리고 집을 떠났다.

"가자, 네릿서. 우리는 지금 남편을 만나러 가는 거야. 무엇보다도 저쪽에서 우리라는 것을 눈치 채지 못하도록 해야 해."

"아니, 그럼……?"

네릿서가 놀라며 묻자, 포오셔가 지그시 미소를 지으며 대답했다.

"그래, 우린 남장을 하는 거야. 둘 다 잘 어울리겠지? 목소리는 아무래도 좀 가늘겠지만 그래도 젊은 변성기의 소년처럼 들리도록 하고, 발걸음도 성큼성큼 남자처럼 걷는 거야. 얘기도 남자들에게 어울리는 싸움 이야기 같은 것만 하고……. 이번엔 거짓말이나 꾸며낸 이야기도 유용할 거야."

"어머, 그럼 우리가 남자가 되는 건가요?"

"쉿, 남들이 들으면 큰일 나! 자, 어서 가자. 마차를 준비시켜 놓았으니까."

## 곤경에 빠진 안토니오

그 무렵, 베니스에서는 샤일록이 마구 큰소리를 치며 거리를 돌아다니고 있었다.

안토니오는 이미 고발을 당해 감옥에 갇혀 있었는데, 친구 솔레이니오와 함께 간수의 감시를 받으면서 샤일록을 만나러 왔다.

그러나 샤일록은 처음부터 이야기를 들으려고도 하지 않았다.

"이봐요, 간수 양반. 정신 똑바로 차리시오. 자비니 뭐니 그런 시시한 이야기는 하지도 마시오. 이자는 거저 돈을 빌려주는 바보니까."

안토니오는 사정사정했다.

"내 말 좀 들어봐요, 샤일록."

"관둬. 더 이상 말해 봤자 헛수고일 뿐이야. 나는 이미 맹세를 했으니까 증서에 쓰여 있는 대로 하면 되는 거야. 어쨌든 공작님께 재판을 받지 않으면 안 돼. 이봐, 이 얼빠진 간수 양반. 이런 녀석의 부탁을 받고 감옥에서 여기까지 데려오다니……. 쯧쯧."

"부탁이오, 내 말 좀 들어주시오."

안토니오는 참을성 있게 계속해서 말을 건넸지만, 샤일록은 들은 척도 하지 않았다.

"내가 들어줄 것 같아? 증서에 쓰여 있는 대로 하는 거야. 내가 너희 기독교인들의 말을 듣고 내 생각을 바꾸기라도 할 것 같나? 거 참 끈질기기도 하군. 그렇지만 어떤 말도 소용없어. 모든 건 증서대로 해야 한다고."

샤일록이 냉정하게 내뱉고는 집으로 들어가 버리자, 안토니오의 옆에 있던 솔레이니오가 화를 참지 못하고 소리쳤다.

"정말 탐욕스러운 영감 같으니라고! 저렇게 인정사정없는 인간은 처음 보는군!"

"어쩔 수 없지 않나. 그냥 내버려두게. 아무리 부탁해도 소용이 없어. 이제 그만두자고……. 결국 저 영감은 처음부터 내 목숨을 노렸던 거야. 난 저 영감에게 시달리는 많은 사람들을 자주 도와주었거든. 그래서 날 미워하는 거겠지."

안토니오가 한숨을 쉬며 말하자, 솔레이니오가 안타깝다는 듯이 말했다.

"하지만 공작님이 이런 잔인한 일을 허락하실 리가 없잖나?"

"아닐세, 공작님이라고 해도 법률을 마음대로 고칠 수는 없어. 베니스는 원래부터 자유를 자랑하는 항구도시지. 다른 나라 사람들이나 이교도들도 똑같이 권리가 보장되어 있다네. 그 법을 무시하면 베니스의 정의가 신용을 잃게 돼. 그건 그렇고, 갑자기 덮친 손해와 고생 때문에 내 몸이 바싹 말라 버렸군. 내일 법정에서 그 냉혹한 인간에게 살 1파운드를 떼어줄 수 있을지도 의심스러울 지경이네……. 간수 양반, 이제 돌아갑시다. 아, 밧사니오가 와주면 얼마나 좋을까? 한 번만이라도 그 친구를 만날 수 있다면 더 이상 미련이 없을 텐데."

솔레이니오는 친구의 얼굴을 걱정스럽게 바라보았다.

### 재판관의 판결

드디어 재판 날이 되었다. 베니스의 재판소 주변에는 많은 시민들이 몰려들었다.

모두들 그런 당치도 않은 계약이 어디 있느냐며 농담일 것이라고 생각했지만, 샤일록은 진짜 재판을 신청했고 이렇게 법정에 나타난 것이었다.

증서가 효력을 인정받으면 안토니오는 목숨을 잃게 되는 것이다. 그렇기 때문에 온 도시 사람들이 재판 결과를 몹시 걱정하고 있었다.

벨몬트에서 달려온 밧사니오 일행은 다행히 재판 시간에 맞추어 도착했다.

사람들 사이를 헤치고 법정으로 들어가니 귀족들과 고관들이 나란히 앉아 있었고, 공작은 정면 재판장석에 앉아 있었다. 반면, 안토니오는 피고석에 서 있었다.

"참으로 안타깝도다. 이번에 그대를 고소한 사람은 돌처럼 차갑고 동정심이라고는 전혀 없다."

공작이 안타까워하며 안토니오에게 말했다. 안토니오는 재판소에서 애써준 것에 감사하며, 이미 각오는 되어 있다고 대답했다.

곧바로 샤일록이 불려 들어갔다. 공작은 샤일록에게 다시 한번 조용히 타일렀다.

"그대는 계속 완고하게 버티고 있지만, 그대도 인간이므로 결국에는 태도가 돌변하여 생각지도 않은 자비를 베풀 수 있으리라 믿는다. 지금이야 이 상인의 살 1파운드를 베어내겠다고 주장하지만, 결국 이 계약을 취소할 뿐만 아니라 오히려 인간다운 정에 이끌려 원금의 일부까지 면제해 줄 것이다. 최근에 이 상인이 입은 안타까운 손해는 실로 막대해서, 누구든지 동정하는 마음이 들 정도다. 그대도 물론 이런 상황을 안타깝게 여길 것이다. 우리 모두는 그대의 따뜻한 배려를 바라고 있다."

그러나 공작이 아무리 좋은 말로 권하고 타일러도, 샤일록은 완고한 태도를 바꾸지 않고 증서대로 하겠다고 주장했다.

"손해인 줄 알면서도 이렇게 재판을 청구한 이유를 물으시겠지만, 저는 대답할 생각도 없습니다. 다만 안토니오가 주는 것 없이 밉다는 이유가 전부겠지요."

그때 그 말을 듣고 있던 밧사니오가 소리를 질렀다.

"뭐? 미워서 죽이겠다고? 그게 인간이 할 짓이냐?"

안토니오가 밧사니오의 말을 가로막았다.

"이제 그만하게. 이야기를 해서 통할 상대가 아니야. 더 이상 애써봤자 헛수고일 뿐이라고. 되도록 빨리 확실하게 재판을 받아, 저 유대교인의 소망을 이루어주고 싶네."

안토니오의 말에 밧사니오는 겨우 화를 억누르면서 샤일록에게 말했다.

"빌린 3천 더컷을 그 배인 6천 더컷으로 늘려 갚으면 어떻겠소?"

"흥, 그 6천 더컷의 6배라도 나는 싫소. 난 차용 증서대로 하겠소!"

샤일록은 돈을 더 주겠다는 제안에도 자기 생각을 좀처럼 바꾸려 들지 않았다.

그런 샤일록에게 공작이 물었다.

"남에게 자비를 베풀지 않고 어떻게 신의 자비를 바랄 수 있겠는가?"

공작의 물음에 샤일록이 대답했다.

"나쁜 짓도 하지 않았는데, 어째서 재판을 두려워하겠습니까? 하지만 저자의 살 1파운드는 비싼 돈을 내고 샀으니, 제 것이나 다름없습니다. 그러니 잘라가겠다는 것입니다. 만약 안 된다고 말씀하시면 베니스의 법률은 아무도 지킬 필요가 없는 것이란 말과 같습니다. 어서 재판을 해주십시오."

자신만만한 얼굴의 샤일록을 빼고 법정 안에 있는 모든 사람들의 표정이 얼어붙은 것 같았다.

이윽고 샤일록이 칼을 갈기 시작했기 때문이다.

그때 밧사니오가 절망적인 목소리로 외쳤다.

"정신 차려, 안토니오! 지면 안 돼. 용기를 내! 자네 몸에서 피한 방울이라도 흘리게 하면 내 피도 살도 뼈도 몽땅 샤일록에게 주어 버리겠어!"

그러자 안토니오가 대답했다.

"밧사니오, 자넨 내 몫까지 오래 살아서 내 묘비명을 써주게나."

그때, 파듀어의 벨라리오 박사가 보낸 편지가 도착했다는 소식이 전해졌다.

공작은 오늘의 재판을 위해 학식이 풍부한 법학박사를 모셔 오기로 했던 것이었다.

편지를 가지고 젊은 서기가 이내 법정에 들어섰다. 그 사람은 말할 필요도 없이, 법학박사의 서기로 변장한 네릿서였다.

공작은 네릿서가 내민 편지를 대충 훑어보았다. 의뢰를 받은 벨라리오 박사가 마침 몸이 아파서 올 수 없었기에 대신 젊고 유능한 법학박사를 보내는데, 반드시 공작의 기대에 부응할 것이라고 자신 있게 추천하는 내용이었다.

잠시 뒤, 박사 옷으로 차림새를 단단히 갖추고 법령집을 가지고 들어온 포오셔에게 공작이 손을 내밀어 악수를 청했다.

"잘 오셨습니다. 자, 이쪽으로 오시지요. 그런데 바로 지금 재판 중인 이 문제에 대해서는 이미 알고 계시겠지요?"

"네, 빠짐없이 전해 들었습니다. 그럼 어느 쪽이 상인이고 어느 쪽이 유대교인입니까?"

공작의 명령으로 안토니오와 샤일록이 앞으로 나왔고, 곧바로 심문이 시작되었다.

"그대의 이름이 샤일록인가?"

"네, 샤일록입니다."

"그대의 요구는 참으로 이상하오. 하지만 이치에 어긋나는 것은 아니므로, 베니스의 법률로서 그대의 요구를 달리 탓할 수는 없소."

샤일록은 박사의 말에 흐뭇한 미소를 지었다.

재판관 포오셔는 이번에는 안토니오에게 물었다.

"그러면 그대의 목숨이 원고인 샤일록의 손에 달려 있다는 말인가?"

"네, 원고는 그렇게 주장하고 있습니다."

"그대는 그 증서를 인정하는가?"

"인정합니다."

"그렇다면 원고, 그대가 자비를 베푸는 도리밖에 없겠소."

포오셔가 샤일록을 돌아보며 말했다.

"제가 자비를 베풀라고요? 무엇 때문에?"

샤일록이 퉁명스럽게 되물었다.

"자비심은 하늘이 베푸는 것이오. 따라서 지상의 그 어떤 권력보다 고귀하오. 때로는 자비가 정의를 누그러뜨릴 때, 지상의 권력은 신의 힘에 가깝게 높아질 수 있소. 당신의 요구가 법적으로 정의로운 것은 분명하지만, 오로지 법적 정의만을 밀고나가 끝까지 버틴다면 어느 한 사람도 구제받을 수 없을 것이오. 이런 이야기를 하는 것은 오로지 법적인 것만을 고집하는 그대의 주장을 조금이라도 굽혀보기 원해서요. 그렇지만 더 이상 생각을 바꾸지 않겠다면, 엄격한 베니스의 법정은 이 상인에게 불리한 판결을 내리는 수밖에 없소. 상인이여, 그대는 빚진 돈을 지불할 수는 없는가?"

그러자 그때, 밧사니오가 재판관 앞에 무릎을 꿇고 말했다.

"오, 재판관님. 제발 부탁드립니다. 이번만은 모쪼록 현명한 판단으로 법률을 굽혀주십시오. 큰 정의를 위해 작은 정의를 굽히고, 이 악마를 벌하여 주십시오."

"아니오, 그건 안 될 말이오. 베니스의 어떠한 권력이라도 이미 정해진 법률을 고치는 일은 허용되지 않소. 만약 그런 일이 있게 된다면, 그에 따라 여러 가지 혼란이 생겨날 것이오. 그건 절대 안 됩니다."

이 말을 듣고 있던 샤일록은 매우 기뻐했다.

"오! 다니엘 같은 명재판관님. 이 땅에 다니엘이 다시 오셨도다! 참으로 훌륭하신 재판관님이시다!"

샤일록은 재판관의 옷자락에 몸을 굽혀 키스를 했고, 재판관 포오셔는 그런 샤일록을 일으켜 세우며 말했다.

"그럼 증서를 보여주시오."

"네, 여기 있습니다. 바로 이겁니다."

"피고 측은 이 돈을 세 배로 갚겠다고 하는데, 그건 싫소?"

"싫습니다. 신께 맹세했습니다. 베니스 전체의 재산과 보물을 준다 해도 그것만은 싫습니다."

차근차근 증서를 훑어보던 재판관 포오셔가 물었다.

"과연, 증서는 기한이 다 되었군. 따라서 원고는 당연히 피고의 살 1파운드를 심장 가까운 부분에서 베어낼 권리가 있다. 하지만 마지막으로 다시 한 번 묻겠소. 정말 자비를 베풀 수 없겠소? 세 배의 돈을 받고 이 증서는 찢어 버립시다."

하지만 샤일록은 여전히 주장을 굽히지 않은 채 대답했다.

"증서대로 하겠습니다. 누가 뭐라고 해도 제 마음은 변하지 않습니다. 그러니 어서 판결을 내려주십시오."

"그럼 할 수 없소. 피고 안토니오는 가슴에 칼을 받을 준비를 하시오."

"오, 훌륭하신 재판관님이시여! 공정하고 현명하신 재판관님!"

"여기에 쓰여 있는 내용이 법적으로 정당함을 인정한다."

"맞습니다. 오, 젊고 현명하신 재판관님!"

재판관 포오셔의 말에 샤일록은 기뻐서 어쩔 줄 몰라 했다.

"피고, 가슴을 펼치시오. 원고, 저울은 준비되어 있소?"

"저울은 여기 이렇게 빈틈없이 준비해 놓았습니다."

샤일록은 웃옷 호주머니에서 가지고 온 저울을 꺼냈다. 그때, 재판관이 다시 명령했다.

"의사를 부르는 것이 좋겠소. 샤일록 그대의 비용으로 말이오. 상처 부위에서 흐르는 피로 인해 죽으면 안 되니까."

"아니, 그런 조항이 증서에 들어 있나요?"

"아니오. 하지만 그 정도는 인정상 당연히 베푸는 것이 좋지 않겠소?"

"안 됩니다. 증서대로 해야 합니다."

샤일록은 증서를 손에 들고 다시 읽은 다음 재판관에게 돌려주었다.

다시 재판관이 말했다.

"상인이여, 남길 말은 없는가?"

"따로 할 말은 없습니다. 각오는 되어 있으니까요. 밧사니오, 악수를 해주게. 안녕! 자네 때문에 내가 이렇게 되었다고 슬퍼하지 말게. 하느님은 그래도 아직 친절하신 것 같군. 몰락한 노인으로 만들지 않고, 젊었을 때 죽게 해주시니 말일세."

밧사니오와 안토니오는 서로 부둥켜안았다.

그러고 나서 안토니오는 침착하게 다시 말을 이었다.

"아무쪼록 자네 부인에게 잘 이야기해 주게. 내가 얼마나 자네를 사랑했는가를……. 그리고 자네에게 그런 친구가 있었다는 사실을. 자네가 이렇게 슬퍼해 주는 것만으로도 난 자네를 위해 이렇게 빚을 갚는 것에 대해 조금도 후회하지 않네."

밧사니오는 자기도 모르게 안토니오에게 이렇게 말했다.

"안토니오, 난 결혼을 했네. 내 아내는 나에게 있어서 생명과도 바꿀 수 없는 소중한 사람이네. 하지만 이 생명도 아내도 이 세상 어느 것도 자네의 생명만큼 귀중하다고는 생각지 않아. 자네를 구하기 위해서라면, 이 모든 것을 다 잃는다 해도 아깝지 않네. 내 전부를 악마에게 주어도 좋아."

재판관 포오셔는 밧사니오를 타일렀다.

"이봐요, 만약 당신 부인이 이 자리에 있어서 지금 당신의 그 말을 들었다면 그리 좋아하지는 않을 것 같소."

옆에서 지켜보고 있던 그라시아노도 한마디 거들었다.

"저도 아내가 있습니다. 신께 맹세코 저는 제 아내를 사랑합니다. 그렇지만 아내가 죽어 천국에 가서 하느님께 저 잔인한 유대인의 마음씨를 고쳐주도록 기원할 수만 있다면, 아내를 천국에 보낼 수도 있겠습니다."

이 말을 들은 서기 네릿서도 잠자코 있을 수 없었다.

"그런 이야기는 부인의 귀에 들어가지 않게 하는 편이 좋겠어요. 그렇지 않으면 가정의 불화가 생길 테니까 말이에요."

이들이 주고받는 이야기를 들으면서 샤일록이 조용히 중얼거렸다.

"흥, 기독교인들은 모두 다 저렇다니까! 내 딸에게 기독교인을 남편으로 맞이하게 할 바에는 차라리 예수와 나란히 십자가에 못 박힌 그 살인범 바라바의 자손을 신랑으로 삼게 해주는 편이 낫겠어!"

샤일록은 이렇게 마구 퍼붓고 난 후, 재판관 쪽을 향해 말했다.

"이건 시간 낭비일 뿐입니다. 자, 어서 판결을 내려주십시오."

지켜보고 있던 사람들은 어떤 판결이 내려질지 몰라, 모두 숨을 죽이고 있었다.

잠시 후, 드디어 포오셔가 판결을 내렸다.

"피고의 살 1파운드는 이제 그대의 것이오. 법정은 이것을 인정하고, 법에 따라 당신에게 주겠소."

"오오, 공정하고 현명하신 재판관님!"

"따라서 그대는 피고의 가슴에서 살 1파운드를 베어내야 하오. 베니스의 법이 이것을 인정하고, 법정이 그의 살을 주는 바요."

결과가 나오기를 조마조마하게 기다리던 사람들은 포오셔가 내린 판결에 그만 가슴이 철렁 내려앉고 말았다.

"오, 학식이 높으신 재판관님이시여! 선고가 끝났으니, 각오하라!"

샤일록은 칼을 쥐고 안토니오 앞으로 다가갔다.

### 모든 것을 포기한 샤일록

그때, 포오셔의 목소리가 재판장 안에 크게 울려 퍼졌다.

"잠깐, 샤일록! 내 말을 들으시오. 이 증서에 의하면 피는 한 방울도 그대에게 준다고 쓰여 있지 않소. 여기에는 분명히 '살 1파운드'라고만 적혀 있소. 자, 이제 증서대로 살 1파운드만 베어내시오. 만약 피고의 피를 한 방울이라도 흘리게 했을 경우에는, 그대의 토지와 재산은 베니스의 법률에 의해 모두 정부에 몰수될 것이오. 알겠소?"

"그것이 법률에 나와 있나요?"

샤일록의 얼굴이 일그러진 채 놀라서 묻자, 포오셔는 법령집을 펼쳐보였다.

"이 법조문을 직접 읽어보시오. 그대는 끝까지 오직 정직만을 주장했소. 그러니 그대가 바라는 대로 가장 정의로운 판결을 내려준 것이오."

"오오, 박학다식한 재판관님이시여! 들었느냐, 샤일록!"

그라시아노가 펄쩍 뛰어오를 듯이 기뻐하며 소리쳤다. 반면 샤일록의 다리가 휘청거리는 것 같았다.

"그럼 아까 증서에 쓰여 있는 원금의 세 배를 받으면 이 기독교인의 빚을 갚는 걸로 해주겠다는 제안을 받아들이겠습니다."

그 말이 끝나자마자, 밧사니오는 즉시 돈을 내놓았다. 그러나 재판관 포오셔가 그를 가로막았다.

"아니오, 기다리시오! 이 유대교인은 정의로운 재판을 요구했소. 그리고 지금도 요구하고 있소. 서두를 필요 없소. 증서에 쓰여 있는 것 이외에는 1더컷도 더 받게 해서는 안 되오. 자, 어서 살을 베어낼 준비를 하시오.

방금도 말했다시피 피를 한 방울도 흘려서는 안 되오. 또 살은 1파운드. 정확히 1파운드만! 그보다 적어서도 안 되고 많아서도 안 되오. 혹시 머리카락 한 가닥만큼의 오차로 저울이 기울어도, 그대를 사형에 처하고 재산을 전부 몰수하겠소."

법정이 다시 떠들썩해졌다. 샤일록은 쩔쩔매며 어쩔 줄 몰라 했고, 포오셔는 그런 샤일록을 재촉하며 물었다.

"샤일록, 어째서 꾸물거리고 있는 건가? 그대 몫을 받지 않겠소?"

"원…금만 주십시오. 이젠 돌아가고 싶습니다."

그러자 밧사니오가 돈을 건네주려고 하며 말했다.

"여기 준비되어 있소. 자……."

그러나 포오셔가 다시 그를 가로막았다.

"이자는 법정에서 공식적으로 그것을 거절했소. 그러니 증언대로 해야만 하오."

그러자 그라시아노의 탄성이 터져 나왔다.

"다니엘 님이시다! 과연 다니엘 님의 등장이시다! 유대교인 영감, 고맙군. 좋은 말을 하나 가르쳐주어서."

샤일록은 재판관을 바라보며 물었다.

"원금만이라도 받을 수는 없을까요?"

"그대가 원했던 것 말고 절대로 더 받아서는 안 되오. 그것도 죽음을 각오한 뒤에 말이오."

"흥, 마음대로 하시오. 누가 이런 엉터리 판결을 받아들일 줄 알고!"

더 이상 참지 못한 샤일록이 휙 등을 돌려서 나가려 하자, 포오셔가 막았다.

"기다리시오, 샤일록. 이 법정에서는 아직 그대에게 볼일이 있소."

포오셔는 법령집을 펼치더니 엄숙하게 소리 내어 읽었다.

"베니스 법률에 의하면, 만약 외국인이 베니스 시민에 대해 직접적인 수단이든 아니든 간에 그 생명을 위협하려고 한 사실이 판명되었을 때, 범인 소유의 재산 중 반은 범죄의 목표가 되었던 피해자가 갖게 되고 나머지 반은 정부에 몰수된다. 또한 범인의 생명은 공작의 권한에 맡겨지고, 이에 관한 다른 발언은 일체 허용하지 않는다.

이렇게 되어 있소. 알겠소? 샤일록, 당신은 지금 이런 입장에 놓여 있소. 지금까지 그대는 간접적으로나 직접적으로나 피고의 생명을 위협하려고 했소. 이 사실은 명백하오. 따라서 그대가 지금 위급한 상황에 놓인 것은 그대 스스로가 만든 일이오. 이렇게 된 이상 그대는 적어도 무릎을 꿇고 공작님의 자비를 구하는 것이 좋을 거요."

재판관 포오셔가 재판장인 공작의 의견을 정중하게 묻자, 공작이 대답했다.

"저의 자비를 바랄 것까지도 없이 목숨은 살려주겠습니다. 우리 기독교인의 너그러운 마음을 나타내는 것이지요. 다만 그의 재산의 반은 안토니오의 것이 되고, 나머지 반은 정부로 돌아갑니다. 하지만 자신의 잘못을 진심으로 뉘우친다면 벌금형만으로 끝낼 수도 있겠지요."

공작이 대답하자 재판관이 고개를 끄덕였다.

샤일록은 이미 모든 것을 포기한 상태였다.

"아니오. 목숨이고 뭐고 다 필요 없어요. 당신들에게 동정 따위는 받고 싶지 않소. 내게 있어서 생명이나 다름없는 재산을 빼앗는다면, 난 이미 생명을 빼앗기는 것이나 다름없소."

"안토니오, 그대도 원고에게 인정을 베풀 생각이 있소?"

재판관 포오셔가 이번에는 안토니오를 바라보며 물었다.

"공작님, 그리고 여기 와 계신 여러분께 말씀드립니다. 이 사람의 재산의 반에 대한 벌금도 면제해 주시면 감사하겠습니다. 나머지 반은 제가 맡아 가지고 있다가, 이 사람이 죽은 뒤에 그것을 이 사람의 딸과 결혼한 사람에게 넘겨줄 것을 허락만 해주신다면…저는 더 이상 바랄 것이 없겠습니다. 다만 그 외에도 두 가지 조건이 있긴 한데, 하나는 이 자비에 대한 보답으로 이 사람이 기독교인이 될 것과, 또 하나는 자신이 죽은 뒤 모든 재산을 딸과 그녀의 남편인 로렌조에게 물려주겠다는 양도 증서를 이 법정에서 지금 즉시 쓰게 해주셨으면 합니다."

안토니오의 말에 공작이 고개를 끄덕이며 승낙하자, 포오셔가 샤일록에게 물었다.

"안토니오의 의견에 이의는 없소?"

"없습니다."

모든 것을 포기한 샤일록은 아무 생각 없이 포오셔의 질문에 대답했다.

"서기, 양도 증서를 작성하시오."

포오셔가 네릿서에게 명령했다.

양도 증서를 작성한 샤일록은 어서 빨리 돌아가고 싶다며, 그곳에 모인 사람들의 비난을 들으면서 서둘러 법정을 떠났다.

그리하여 재판은 모두 끝이 났다.

공작은 자리에서 일어나 현명한 판결을 내린 재판관 포오셔에게 감사의 말을 전했다.

"현명하신 재판관님, 부디 저희 집까지 함께 가주십시오. 식사라도 함께했으면 합니다."

"이거 참 고맙고 황송한 말씀입니다만, 오늘 밤 즉시 파듀어로 돌아가야 하기 때문에 바로 출발해야 할 것 같습니다."

포오셔의 대답에 공작이 안타까운 표정을 지으며 말했다.

"시간이 없으시다니 정말 안타깝군요. 자, 안토니오. 이 재판관님께 진심으로 감사하다는 인사를 드리게. 자네는 이분께 엄청난 신세를 졌으니 말이야."

공작은 그렇게 말한 다음 시종들을 거느리고 돌아갔다.

안토니오도 이 은혜는 평생 잊지 않겠다고 말했고, 밧사니오 역시 포오셔에게 감사의 말을 전했다.

"재판관님, 정말 감사합니다. 현명하신 판결 덕분에 저도, 제 친구도 생명의 위협으로부터 벗어날 수 있었습니다. 저희를 위해 애써주신 두 분께 보답하는 의미로 샤일록 영감에게 지불하려고 했던 3천 더컷을 드리려고 합니다. 부디 저희의 작은 정성의 표시라고 생각하고, 받아주시기 바랍니다."

그러자 포오셔가 대답했다.

"마음에 만족을 얻은 자는 이미 보답을 받은 것이라는 말이 있습니다. 당신들을 구할 수 있어서 나도 만족스럽습니다. 그리고 이것으로 충분히 보답을 받았습니다. 나는 그 이상의 보수를 바란 적은 없습니다. 그러니 이만 안녕히······."

"아, 잠깐 기다려주십시오. 그래도 꼭 무엇인가 드리고 싶습니다. 돈이 아니라 무엇인가 기념이 될 만한 물건이라도 좋으니, 거절하지 말고 허락해 주십시오."

"그렇게까지 말씀하시니, 그 말에 따르겠습니다. 당신의 장갑을 당신에 대한 기억으로 간직하고 싶습니다."

포오셔의 부탁에, 밧사니오는 망설임 없이 장갑을 벗어 건네주었다.

그러자 손가락에 낀 반지가 보였다. 그걸 본 포오셔는 재빨리 말을 이었다.

"그리고 저에 대한 우정의 기념으로 그 반지도 주셨으면 합니다."

그 순간, 밧사니오는 당황하여 말끝을 흐리며 말했다.

"아, 이 반지는……. 보잘것없는 것이라서 이런 물건을 드리는 것은 저의 수치이기 때문에……."

"내밀었던 손을 빼지 마시오. 괜찮습니다. 내가 받고 싶은 것은 돈도 아닌, 다른 것도 아닌 그 반지뿐이오. 다른 것은 필요 없습니다."

"하지만 이 반지는 가치로 따질 수 없는 특별한 사정이 있습니다. 대신 이 베니스 전체에서 가장 값비싼 반지를 구해 드리겠습니다. 그러니 이 반지만은, 부디 이해해 주시길……."

"알겠소. 조금 전 당신의 그 모든 호의는 그저 말뿐이었군요."

"아, 아닙니다. 실은 이 반지는 사랑하는 제 아내가 준 것입니다. 저는 이 반지를 받을 때 아내에게 서약했습니다. 이 반지를 남에게 주거나 잃어버리지 않겠다고 말이죠."

"그것 참 편리한 변명이군요. 선물 주기가 아까울 경우에는 특히 좋은 수법입니다. 하지만 내가 그 반지를 받을 만한 가치가 있다는 사람이라는 것을 부인께서 아시게 된다면, 그걸 내게 주었다 하더라도 결코 섭섭해 하지는 않을 것이라고 생각합니다. 그럼 이만 안녕히!"

포오셔는 네릿서를 데리고 재판장을 떠났다. 급한 걸음으로 멀어져 가는 두 사람을 지켜보고 있던 안토니오가 말했다.

"밧사니오, 부탁이야. 자네의 그 반지를 저분에게 드리게. 자네 부인과의 서약은 잘 알겠지만……. 그래도 저분에게 드리는 것이라면, 충분히 이해할 만하고 그만한 가치가 있다고 생각하네. 나에 대한 우정의 표시로 말일세."

안토니오의 이야기를 듣고 난 밧사니오는 꺼림칙한 기분이 개운해지는 것을 느꼈다. 그리고 반지를 빼서 그라시아노에게 건네주었다.

"자, 어서 그분을 뒤쫓아서 이 반지를 갖다 드리게!"

한편 포오셔와 네릿서는 남장을 한 채 큰길을 지나 막 골목길로 접어들었다.

포오셔가 네릿서에게 이렇게 명령했다.

"샤일록의 집을 찾아서 이 재산 양도 증서에 서명을 받아 오너라. 오늘 밤 안으로 출발해서 우리가 남편들보다 앞서 벨몬트 집으로 돌아가 있어야 해. 그리고 로렌조가 이 증서를 보면 틀림없이 크게 기뻐하겠지."

인기척이 없는 곳에 이르자, 두 사람은 남자 말투에서 본래의 여자 말투로 돌아와 있었다. 바로 그때, 그라시아노가 두 사람을 향해 달려왔다.

"재판관님!"

두 사람은 깜짝 놀라 옷매무새를 다시 고치고 점잖은 표정을 지으면서 뒤를 돌아보았다.

"아, 재판장님. 겨우 따라왔군요. 밧사니오의 부탁을 받고 왔습니다. 밧사니오가 생각을 바꾸었으니, 부디 이 반지를 받아주셨으면 합니다. 그리고 괜찮으시다면, 안토니오의 집으로 가셔서 함께 식사를……."

그라시아노가 포오셔에게 말하자 포오셔가 대답했다.

"식사는 사양하겠습니다. 하지만 반지는 고맙게 받겠소. 부디 그분에게 말씀 잘 전해 주시길 바랍니다. 그리고 또 한 가지 부탁이 있는데, 내 서기를 샤일록 영감의 집까지 안내해 주실 수 있겠소?"

"알겠습니다."

그라시아노가 망설임 없이 대답했다. 앞장서 가는 그라시아노의 뒤를 따라가는 중에, 서기 네릿서가 포오셔에게 살짝 속삭였다.

"아가씨, 저도 이 사람에게 준 반지를 빼앗을 수 있을지 어떨지 한 번 시험해 보겠어요. 영원히 손에서 빼지 않겠다고 맹세를 했지만 말이에요."

"그래, 틀림없이 빼앗을 수 있을 거야. 나중에 남자에게 주었다고 끝까지 우기겠지. 그렇지만 어림없어. 다시는 못 그러게 단단히 혼을 내주자."

그렇게 말한 포오셔가 얼른 다시 남자 목소리를 내어 말했다.

"자, 어서 서두르게. 이따가 만날 장소는 알고 있겠지?"

네릿서는 포오셔에게 눈인사를 한 다음 그라시아노를 향해 소년처럼 소리를 질렀다.

"저, 미안하지만 어서 그 집까지 안내를 부탁합니다."

### 어둠이 걷힌 후 찾아온 희망

아름다운 밤이었다. 포오셔의 저택을 맡아 관리하고 있던 로렌조와 제시카는 대문에서 현관으로 통하는 가로수길 모퉁이에 서서 고요한 밤하늘을 올려다보고 있었다.

"정말 아름다운 달밤이오. 바로 이런 밤, 부드러운 바람이 나뭇잎을 살짝 스치고 지나가는 이런 밤……. 트로이의 왕자가 성벽에 기대 적국 그리스 진영에 잠든 연인에게 슬픈 탄식의 마음을 보냈겠지."

로렌조의 말에 제시카도 맞받아 대답했다.

"이런 밤에 시스비는 아름다운 필라머스를 만나기 위해서 조심조심 이슬을 밟고 있겠죠. 하지만 사자의 그림자를 보고 도망쳐 돌아가 버렸을 거예요."

"이런 밤에 카르타고의 여왕은 해변에 서서 버드나무 가지로 손짓해 부르며 떠나가는 연인을 되돌아오게 했겠지."

"이런 밤에, 메디아 여왕은 늙은 아버지를 위해 마법의 약초를 찾으러 갔을 거예요."

"이런 밤, 제시카라는 아름다운 아가씨는 유대교인인 부자 아버지의 집에서 살짝 도망쳐 나와 변변치 못한 연인과 멀리 벨몬트까지 왔을 거요."

"이런 밤, 로렌조라는 멋진 청년이 좋아한다, 사랑한다는 말로 사랑의 맹세를 늘어놓아 그 아가씨의 마음을 훔쳤어요. 더구나 그 말은 전부 거짓말뿐이었지요."

"이런 밤, 사랑스러운 제시카가 거친 말로 연인을 마음껏 헐뜯었지만 그 청년은 잠자코 가만히 듣고만 있었지."

"이런 밤, 이런 밤 하면서 겨루기를 하신다면 전 절대로 지지 않을 거예요. 앗, 누가 왔나 봐요. 발소리가 나요!"

두 사람 앞에 빠른 걸음으로 나타난 사람은 하인 스테파노였다. 그는 포오셔와 네릿서가 날이 밝기 전에 집으로 돌아온다는 소식을 전했다.

바로 그때, 런슬롯이 뛰어와 들뜬 목소리로 밧사니오도 돌아오고 있다는 소식을 전했다.

그러자 곧 모두가 그들을 맞이할 준비를 했다. 악사들은 정원으로 나와 연주를 하기 시작했다.

로렌조가 제시카의 옆에 바싹 다가앉아 함께 음악을 들으며 이야기를 나누는 동안, 포오셔 일행은 이미 집 근처까지 와 있었다.

포오셔는 자기 집에서 흘러나오는 음악 소리를 듣고 깜짝 놀라 귀를 기울였다.

"어머나, 저건……."

"우리 집 악사들이 연주하는 음악 소리에요."

"그렇구나, 네릿서. 같은 음악이라도 주위의 상황에 따라 이렇게 다르게 들리는구나. 낮에 듣는 것보다 밤에 듣는 음악이 훨씬 더 아름다워."

포오셔와 네릿서가 속삭이는 소리를 듣고, 집의 여주인이 도착한 것을 알아차린 로렌조가 맨 먼저 마중을 나갔다.

"잘 다녀오셨습니까? 어서 오십시오."

곧이어 밧사니오의 도착을 알리는 나팔 소리가 울려 퍼졌.

밧사니오는 안토니오와 함께 하인들을 거느리고 돌아왔다.

기쁨으로 맞이하는 포오셔에게 밧사니오는 안토니오를 소개했다.

"포오셔, 이쪽이 내가 무척 많은 신세를 진 친구 안토니오요."

"사랑하는 친구의 일이기 때문에 목숨을 걸었던 것뿐입니

다."

밧사니오가 포오셔에게 안토니오를 소개시키며 서로 인사를 나누고 있을 때, 한쪽에서 그라시아노와 네릿서가 다투는 소리가 들려왔다.

"아니, 벌써 싸움을 시작하다니 대체 무슨 일이죠?"

포오셔가 두 사람을 바라보며 묻자, 두 사람이 각자 대답했다.

"뭐, 별일 아닙니다. 얼마 전 네릿서가 준 싸구려 반지 때문에……."

"반지 값 따위는 아무래도 좋아요. 아가씨, 이 사람은 제게 맹세를 했었어요. 제가 그 반지를 줄 때, 일생 동안 소중히 끼고 무덤에 들어가서도 빼지 않겠다고요. 그런데 그걸 베니스에서 재판관의 서기에게 주어 버렸다네요! 그런 거짓말이 어디 있어요!"

"아니오, 정말 사실입니다. 분명히 그 서기 남자에게 주었단 말이오. 아직 어린 소년처럼 보이긴 했지만……. 말을 어찌나 잘하는지 도저히 거절할 수가 없었소."

네릿서가 자신의 말을 믿지 않자, 그라시아노가 억울해 하며 말했다.

"듣고 보니 그라시아노가 정말 잘못하셨군요. 네릿서가 화를 내는 것은 당연하다고 생각해요. 제 남편은 절대 그러지 않을 거예요."

그라시아노는 포오셔의 말을 듣고 자신의 처지를 변명이라도 하듯 밧사니오의 이야기를 꺼내고 말았다.

"그렇지 않소. 밧사니오도 그 반지를 줘 버렸는걸요. 훌륭하신 재판관의 청에 못 이겨서……. 하지만 그때는 정말 어쩔 수 없는 상황이었습니다. 그 반지가 아닌 다른 것은 모두 싫다고 하는 바람에……."

그라시아노의 말을 듣고 난 포오셔도 네릿서와 마찬가지로 베니스에서의 재판관 역할에 대해선 시치미를 뚝 떼고 밧사니오를 몰아세우기 시작했다.

그러자 밧사니오가 열심히 변명을 해댔다.

"그렇게 원망하지 말고 내 말 좀 잘 들어주시오. 나도 처음에는 분명히 단호하게 거절했었소. 하지만 내 친구의 목숨을 구해준 고마운 분이 원하는 것을 어떻게 거절할 수가 있겠소? 나 또한 은혜를 모르는 뻔뻔스런 사람이 될 수는 없었소. 그렇게 생각하니……. 도저히 그냥 있을 수가 없어서 그 반지를 드리게 된 것이오. 만약 그 자리에 당신도 함께 있었더라면, 당신도 틀림없이 세상에 둘도 없는 그 훌륭한 재판관에게 그 반지를 드리라고 했을 것이오."

그러나 포오셔도 반지를 준 사람이 남자가 아니라 여자일 것이라면서 남편의 이야기를 믿어주지 않았다. 그러자 보고 있던 안토니오가 두 사람 사이에 끼어들었다.

"애초부터 이 난처한 싸움은 저로 인해 비롯된 것이 분명합니다. 저는 밧사니오의 행복을 위해 쓴 증서 때문에 목숨이 위험했었습니다. 하지만 만일 그 훌륭한 재판관이 와주지 않았더라면 지금쯤 제 목숨은 사라지고 말았겠지요. 그래서 지금 다시 밧사니오를 위해 부탁드리겠습니다. 이번에는 제 영혼을 걸겠습니다. 밧사니오는 두 번 다시 맹세를 깨뜨리지 않을 것입니다."

"그럼 안토니오! 당신이 보증인이 되어주세요."

포오셔가 안토니오에게 반지를 내밀며 말했다.

"그리고 이걸 저분께 전해 주세요. 그리고 부디 전보다 더욱 더 소중히 간직하라고 말씀해 주세요."

포오셔가 안토니오에게 내민 반지를 보고 밧사니오가 깜짝 놀라며 말했다.

"아니! 이건……. 내가 재판관님께 드린 그 반지가 아니오? 포오셔, 당신이 어떻게 이 반지를……."

"그분으로부터 받았어요. 어젯밤에."

"그 서기에게서 받았어요. 어젯밤에."

네릿서도 그라시아노에게 반지를 내밀며 포오셔와 똑같이

말했다.

두 사람의 장난기 섞인 말투에 밧사니오와 그라시아노는 당황해하며 반지를 받았다.

포오셔는 그 자리에서 편지를 한 통 꺼내 밧사니오에게 건넸다.

"읽어보세요. 파듀어의 벨라리오 박사님에게서 온 편지입니다. 이걸 보시면 모든 걸 아시게 될 거예요."

"이런, 정말 놀랍군! 당신이 그 재판관이었다니! 전혀 몰랐는걸. 사랑스런 나의 박사님!"

"아, 그리고 이건 안토니오 씨 앞으로 온 편지입니다. 기쁜 소식이니 어서 읽어보세요."

포오셔가 안토니오에게 전해 준 편지에는 정말 뜻밖의 소식이 담겨 있었다.

난파당한 줄만 알았던 안토니오의 배 세 척이 짐을 가득 싣고 무사히 베니스로 돌아왔다는 것이었다.

"오, 이 편지 내용으로 봐서는 제 배들이 항구에 들어온 것이 틀림없습니다. 포오셔, 전 당신 덕분에 목숨을 구했고, 게다가 지금은 재산까지 되찾게 되었군요."

포오셔는 로렌조를 바라보며 또 한 가지의 좋은 소식이 있다고 말했다.

"제 서기가 당신들께도 기쁜 소식을 가지고 왔습니다."

네릿서가 바로 말을 이었다.

"자, 보세요. 이건 당신과 제시카 앞으로 된, 그 부자 유대교인으로부터 받은 서명입니다. 자신이 죽은 뒤에 모든 재산을 물려준다는 서명이에요."

"오, 정말 하늘에서 굶주린 자들을 풍요롭게 해주려고 내려주시는 은혜의 음식 같군요!"

로렌조와 제시카의 마음도 감사로 가득했다.

이렇게 해서 사랑의 고뇌와 위기 그리고 모든 의심이 이 아름다운 밤의 정원에서 모두 사라지고, 이곳에 있는 모든 사람들에게서 새로운 희망이 빛나기 시작했다.

떠나고 싶지 않은 각자의 생각을 가득 싣고서…….

밝은 달은 드디어 서쪽으로 기울어 곧 새로운 새벽이 찾아오려 하고 있었다.

**작품에 대하여**

로미오와 줄리엣 외

## 작품 개요

◆ 작품 소개

영국의 극작가 윌리엄 셰익스피어의 희곡 중 5막 비극 창작 연도는 1595년경으로 추정되며, 초판은 1597년에 나왔다. 그러나 1599년 발행의 4절판을 표준판으로 친다. 작자의 낭만적 비극으로는 최초의 작품이며 이탈리아의 소설가 마테오 반델로의 작품(1554) 내용을 소재로 한 것으로 생각되나, 직접적으로는 아서 브루크의 《로메우스와 줄리엣의 비화》(1562)에 의거하여 저작하였다.

◆ 줄거리

베로나의 몬테규가(家)와 캐플렛가(家)는 일찍부터 서로 반목질시하는 명문가들이었다. 캐플렛가의 무도회에 간 몬테규가의 아들 로미오는 뜻밖에 캐플렛가의 딸 줄리엣을 사랑하게 된다. 두 사람은 로렌스 신부의 도움으로 비밀리에 결혼식을 올리지만, 양가 친족들 간에는 칼부림이 일어난다. 친구인 머큐시오가 살해되자 로미오는 이를 복수하기 위해 상대방인 티볼트를 살해하고 추방형을 받는다. 로미오와 줄리엣은 처음이자 마지막이 된 하룻밤을 함께 지낸 후, 로미오는 만토바로 도피한다. 아버지의 명령으로 패리스 백작과 결혼하게 된 줄리엣은 로렌스 신부가 준 비약(秘藥)을 먹고 가사(假死) 상태로 납골당(納骨堂)에 안치된다. 줄리엣이 죽었다는 기별을 받은 로미오는 납골당으로 달려와 애인이 정말 죽은 줄 알고 음독 자살한다. 가사상태에서 깨어난 줄리엣은 모든 진상을 알아채고 단검으로 가슴을 찔러 자살한다.

◆ 등장인물 소개

**로미오_** 베로나의 명문 몬테규가의 아들인데, 대대로 집안끼리 반목하는 캐플렛가의 딸 줄리엣을 보고 첫눈에 반한다. 친구를 위해 칼싸움에 응하고, 연인과 함께하기 위해서 자기 목숨도 아끼지 않는다.

**줄리엣_** 몬테규가와 적대적인 캐플렛 가의 미모의 외동딸이다. 부유한 백작의 청혼도 거부하고 로미오와 사랑에 빠진다.

**머큐시오_** 친구 로미오를 위해 칼싸움을 말리다가 살해당한다.

**티볼트**_ 캐플렛 가의 친족으로 혈기 왕성하고 다혈질적인 성격으로 칼싸움을 일으켜 자신에게는 물론, 다른 사람들에게도 불행을 일으킨다.

**로렌스 신부**_ 로미오와 줄리엣의 사랑이 이루어지도록 도와주고, 그들이 다시 맺어지도록 계획을 세워준다. 그러나 그 계획은 결국 실패로 돌아간다.

## 작품 해설

◆ 들어가기

 과학자라고 하면 흔히 만유인력의 법칙을 발견한 아이작 뉴턴을 꼽듯이, 문학가라고 하면 영국의 문호 윌리엄 셰익스피어(1564~1616)를 꼽는다. 이렇듯 셰익스피어는 문학가의 대명사로 자주 입에 오르내린다. 스코틀랜드의 철학자요, 수필가인 토머스 칼라일은 일찍이 "식민지 인도와 셰익스피어 중에서 하나를 선택하라고 한다면 단연 셰익스피어를 택하겠노라."라고 말한 적이 있다. 그만큼 영국 사람들에게 셰익스피어가 차지하는 비중은 무척 크다. 해가 질 날이 없다는 대영 제국은 서서히 몰락하여 빛을 잃었지만, 르네상스 시대에 활약한 이 극작가는 여전히 영국 사람들의 영광이자 자존심으로 남아 있다.

 흔히 '영국의 국민 시인'이요 세계가 낳은 최고의 극작가로 일컫는 셰익스피어는 모두 36편에 이르는 희곡 작품을 남겼다. 희곡의 장르도 다양하여 그는 비극, 희극, 사극 등을 함께 아울렸다. 또한 작중인물이나 플롯도 좀 더 다양하고 정교하게 구성하였다. 이렇듯 셰익스피어는 고대 그리스 시대에 처음 시작한 서양 연극의 수준을 한 단계 올려놓았다.

16세기 말엽 페스트가 유행하여 극장들이 문을 닫게 되자 셰익스피어는 서사시와 서정시 같은 시 작품을 창작하는 데 관심을 쏟았다. 《비너스와 아도니스》와 《루크레티아의 능욕》은 사랑을 주제로 한 서사시다. 1609년에 출간된 《셰익스피어의 소네트》는 14행 정형시 150여 편을 한데 모은 시집으로 그가 출간한 책 중에서 희곡 작품이 아닌 마지막 책이다.

### ◆ 작품의 배경과 내용

영국은 섬나라인 탓에 유럽 대륙에 비해 문화의 유입이 조금 뒤늦게 일어난다. 이탈리아에서 처음 시작한 문예부흥과 종교개혁도 유럽 본토에서 활짝 꽃을 피운 뒤에야 비로소 영국에 전해졌다. 그러나 비록 이렇게 조금 뒤늦게 전해졌을망정 셰익스피어는 유럽 대륙 어느 곳에서도 볼 수 없는 문예의 꽃을 찬란하게 피웠다. 그가 여러 작품에서 그려낸 인물들은 인간 해방이라는 르네상스적 인문주의 사상을 가장 심오하게 극적으로 구현한 것이라고 할 만하다. 16세기 말엽과 17세기 초엽에 걸쳐 셰익스피어는 신(神) 중심의 중세적 세계관에서 벗어나 인간 중심의 근대적 세계관의 문을 활짝 열어젖혔다.

셰익스피어가 당대 사회의 각계계층을 총망라하여 작품에서 다루지 않는 인물 유형이 거의 없다시피 하다. 왕후장상뿐만 아니라 일반 서민들도 등장한다. 더구나 인간 심리를 꿰뚫어 보는 데에는 어느 작가도 따를 수 없을 만큼 셰익스피어는 넓은 안목의 소유자였다. 그의 희곡은 인간관계에서 비롯하는 여러 문제를 가장 밑바닥에 깔고 있다. 만약 그에게 인간에 대한 흥미와 호기심이 없었더라면 아마 그 작품이 지금처럼 서양과 동양을 가르지 않고 남녀노소의 구별 없이 그렇게 공감을 주지는 못할 것이다. 셰익스피어 작품이 가장 빛을 내뿜을 때는 시대적 한계나 지리적 제약을 훌쩍 뛰어넘는다. 그래서 '셰익스피어적'이라고 하면 이 무렵의 르네상스 정신에 걸맞게 폭넓은 보편적 지식을 가리킨다.

한편 셰익스피어는 제프리 초서 이후 완성 과정에 있던 근대 영어의 잠재력을 최대한으로 살려 영어를 세계 언어로 발전시키는 데 크게 이바지하였다. 그가 작품에 사용한 어휘는 무려 2만 5천어 정도가 된다. 앵글로색슨의 토착어를 주로 사용하되 고대 그리스어나 라틴어 같은 외래어도 적절히 사용하여 영어 어휘를 풍부하게 만들었다는 평가를 받는다.

◆ **셰익스피어의 4대 비극**

 셰익스피어의 작품 중에서 가장 사랑을 받는 것은 역시 비극이다. 물론 희극이나 사극도 뛰어나지만 역시 셰익스피어 하면 곧바로 그의 비극이 떠오를 만큼 비극이 그의 작품에서 차지하는 몫은 무척 크다. 그의 비극 중에서도 네 편이 가장 유명하여 흔히 '셰익스피어의 4대 비극'이라고 부른다. 《햄릿》, 《맥베스》, 《오셀로》, 《리어 왕》이 그것이다. 여기에다 《로미오와 줄리엣》 한 작품을 더 보태어 흔히 '셰익스피어의 5대 비극'이라고도 일컫는다.

 고대 그리스 비극은 소포클레스의 《오이디푸스 왕》에서 볼 수 있듯이 주로 신탁과 같은 운명에 맞서 싸우는 주인공들을 즐겨 다룬다. 그래서 이 당시의 극은 흔히 '운명 극'이라고 부른다. 그러나 셰익스피어의 비극에서 주인공은 외부의 힘보다는 내면적인 힘, 즉 운명보다는 성격의 결함 때문에 비극적 결말을 맺는다. 셰익스피어의 비극을 흔히 '성격 극'이라고 부르는 까닭이 바로 여기에 있다. 그의 비극적 주인공은 하나같이 어떤 성적 결함을 지니고 있다.


◆ **불멸의 연인 로미오와 줄리엣**

 《로미오와 줄리엣》은 셰익스피어의 다른 네 비극 작품처럼 극작가로서 원숙한 단계에 쓴 작품은 아니지만 그 나름대로 그의 작품 세계에서 독특한 위치를 차지하고 있다. 원수인 두 집안에서 태어난 로미오와 줄리엣이 서로 사랑을 하게 되고 그들의 비극적인 죽음이 마침내 가문을 화해하게 만드는 이야기다. '로미오와 줄리엣'이라고 하면《춘향전》의 이몽룡과 성춘향처럼 흔히 젊은 연인의 대명사처럼 쓰인다.

《로미오와 줄리엣》은 아름다운 대사와 극적 효과로 많은 칭송을 받는 셰익스피어의 대표작 가운데 하나다. 셰익스피어 당대부터《햄릿》과 함께 가장 많이 공연된 작품으로 연극 말고도 영화, 오페라, 교향곡, 뮤지컬 등으로 각색되어 사랑을 받아 왔다.

로미오는 사랑하는 로잘린을 볼 수 없어 의기소침해 있다. 그때 로미오의 친구 벤볼리오가 오늘 밤 캐플렛 집안의 파티에 로잘린이 온다고 하니 같이 가 보자고 권한다. 로미오는 그들을 따라 파티에 가고 발코니에 있는 줄리엣을 보고 첫눈에 반하고 만다. 로미오의 열렬한 구애로 줄리엣은 그의 사랑을 받아들인다. 그러나 서로 원수의 집안의 자식인 두 사람은 로마 가톨릭 교회수도자인 로렌스 신부에게 도움을 청해 결혼하기로 약속하고 헤어진다.

이튿날 길거리에서 두 집안 사이에 싸움이 일어나 캐플렛 집안의 티볼트는 로미오의 친구 머큐시오를 죽인다. 이에 격분한 로미오는 줄리엣의 사촌인 티볼트를 죽이고, 이 일로 로미오는 추방된다. 한편 줄리엣은 부모로부터 파리스 백작과 결혼을 강요받는다.

줄리엣은 로렌스 신부에게 도움을 청하고, 로렌스 신부는 마시면 죽은 것처럼 보이는 약을 만들어 그녀에게 건네준다. 로렌스 신부는 편지를 써서 이러한 사정을 로미오에게 알리려 하지만, 우여곡절로 편지가 그에게 전달되지 못한다. 줄리엣이 죽었다는 소문을 전해들은 로미오는 슬픔에 빠진 나머지 독약을 먹고 자살한다. 긴 잠에서 깨어난 줄리엣은 로미오의 시체를 안고 오열하다가 마침내 로미오의 단도로 스스로 목숨을 끊는다.

《로미오와 줄리엣》은 셰익스피어의 초기 작품이기 때문에 고대 그리스 비극에서 볼 수 있는 흔적을 엿볼 수 있다. 특히 이 작품에서 주인공이 비극적 파멸을 맞는 데에는 우연과 운명이 적잖이 작용한다. 로미오가 줄리엣이 죽었다고 착각하는 것도, 로렌스 신부의 편지를 받지 못하는 것도 하나같이 우연 때문이다.

그러나 흥미롭게 최근 심리학자들은 이 작품에서 심리학의 개념을 찾아내기도 한다. 가령 '로미오와 줄리엣 효과'라고 부르는 개념이 바로 그것이다. 부모가 반대하면 할수록 젊은이들의 애정이 더욱 더 깊어지는 현상을 '로미오와 줄리엣 효과'라고 부른다. 이러한 효과는 청소년의 반발 심리 때문에 일어난다.

만약 부모의 반대가 없었다면 로미오와 줄리엣은 그렇게 애절한 사랑을 했을까? 부모들이 그렇게 반대만 하지 않았어도 이 젊은 남녀는 그토록 사랑하지 않았을지도 모른다. 사실 로미오는 바람둥이나 다름없다. 그는 줄리엣을 처음 만나기 전에 이미 로잘린을 사랑하고 있었다. 줄리엣을 만나게 된 것도 사랑하는 여인을 만나러 간 파티장에서였다. 그렇다면 그는 얼마든지 줄리엣 말고 다른 여성을 만나 사랑에 빠질 가능성이 높다.


◆ 작가 소개

윌리엄 셰익스피어는 1564년 잉글랜드 중부의 스트래트퍼드 어폰 에이번에서 태어났다. 그의 아버지는 비교적 부유한 상인으로 당시의 사회적 신분으로서는 중산 계급에 속해 있었기 때문에 비교적 풍족하게 소년 시절을 보냈다. 그러나 1577년경부터 가운이 기울어져 학업을 중단하고 집안일을 도울 수밖에 없었다. 그래서 셰익스피어는 주로 성서와 고전을 읽으며 작가적 소양을 쌓았다.

셰익스피어는 고향을 떠나 런던에 가서 조연급 배우로도 활동하면서 글로브 극단의 전속 극작가가 되었다. 그가 극작가로 활동한 시기는 1590년부터 1613년까지 줄잡아 24년이었다. 이

기간 동안 그는 비극, 희극, 사극 등 모두 36편에 이르는 희곡을 썼다.

셰익스피어가 쓴 작품은 36편의 희곡을 비롯하여 소네트 154편과 서사시 등이 있다. 그중 대표작으로는 《로미오와 줄리엣》 《베니스의 상인》 《햄릿》 《맥베스》 등이 있다. 그의 희곡 전집은 1623년에 극단의 한 동료가 편찬하여 세상에 나왔다. 그는 1616년 4월 쉰한 살의 나이로 고향인 스트래트퍼드 어폰 에이번에서 사망하였다.